이불 밖 북유럽 감성 여행

여자 둘,
개 하나면
충분합니다

강지명(멍작가) 지음

디젤
책방

북유럽 여행 코스

15박 16일

노르웨이

스웨덴

덴마크

이 책은 나와 친구 제이미, 반려견 누리가 함께 떠난 16일간의 북유럽 캠핑카 여행 기록이다. 이야기를 시작하기 전에 조금 쑥스럽지만 나를 포함한 등장인물 소개를 간략히 해보려고 한다. 많은 사람이 궁금해하는, '도대체 어쩌다 독일까지 가게 되었느냐'에 대한 이야기부터.

나는 스물아홉 살이 되던 해에 5년째 마케터로 일하던 외국계 회사를 그만두고 유럽으로 떠났다. 처음 목적지는 독일이 아니라 스페인이었다. 퇴사 전 회사가 한창 구조조정으로 뒤숭숭하던 때, "돌아오면 책상이 없어져 있을지도 모른다"라는 농담을 뒤로하고 떠났던 바르셀로나가 너무 좋아서, 무모하다는 걸 알면서도 모든 걸 내려놓고 다시 그곳으로 떠났다. 스페인을 거쳐 독일로 옮겨 온 후에는 다섯 개 도시를 옮겨 다니며 학교에 다니기도 하고, 다시 회사에 몸을 담기도 했다. 지금은 그 모든 것과는 다른, 그림을 그리고 글을 쓰는 일을 하고 있다.

이 책의 3분의 1을 차지한다고 해도 과언이 아닌 제이미는, 요리를 하러 독일로 이민한 부모님 사이에서 태어난 교포이자, 나의 동거인이자, 소중한 첫 번째 독자다. 마지막으로 사실상 이 책의 주인공이라고 해도 손색없는, 여덟 살 진도믹스 누리까지. 이렇게 셋이 함께 독일 서쪽의 한 도시에서 살고 있다.

여행을 하는 이유는 보통 이런 것들이다. 그냥 떠나고 싶어서, 익숙함에서 벗어나고 싶어서, 혹은 스트레스를 풀고 숨을 고르기 위해서. 그런데 이번 여행은 좀 달랐다. 한국에서 누리를 입양하고 반년쯤 지나자 조바심이 나기 시작했다. 평생 답답한 공간에만 머물던 이 아이에게 더

넓고 새로운 세계를 보여주고 싶다는 마음이 커졌다. 나 자신을 위해서가 아닌, 이런 이타적인 마음으로 떠나고 싶은 건 처음이었다. 물론 어느새 다가온 내 마흔 살 생일을 조촐하게 축하하고 싶기도 했지만, 여행의 결정적 동기는 누리였다.

새로운 가족과 여행을 떠난다는 건 여러 면에서 고려할 게 많은 일이었다. 반려동물과 비행기를 타는 것은 쉽지 않고 높은 빌딩과 아스팔트로 가득한 대도시는 누리가 좋아할 것 같지 않았다. 그리고 지난 반년 동안 최대한 많은 시간을 함께 보내려고 했지만 이 아이가 우리에게 온전히 마음을 열었다는 확신은 아직 없었기 때문에, 겨우 적응 중인 집을 떠나는 게 스트레스가 되지는 않을지 걱정되기도 했다.

그래서 우리는 또 하나의 작은 집 같은 캠핑카를 타고 북유럽으로 떠나기로 했다. 어쩌면 누군가는 이 이야기를 여행기보다 평범한 일상 기록처럼 느낄지도 모른다. 거창한 모험담을 기대하기보다는 여자 둘과 개 하나가 북유럽에서 부딪히고 헤매고 웃어가며 보낸, 다소 느린 시간이 고스란히 담긴 일기라고 생각해 주면 좋겠다. 그 소소한 순간들을 하나하나 따라가다 보면 여행과 일상이 생각보다 멀리 떨어져 있지 않다는 걸 발견하게 될지도 모른다. 이 조각들이 누군가에게는 또 다른 여행의 시작이 되기를 바란다.

차례

집

셋이 함께,
북유럽으로

둘에서

셋이 되었다.

한국에서 독일로 누리를 입양했다.
누리를 입양하고 5개월이 지난 무렵
우리는 누리와 함께 첫 여행을 떠나기로 했다.

이래저래 고민한 끝에
결론 내린 건 바로,
북유럽 캠핑카 여행!

'북유럽' 하면 떠오르는 이미지는

영화 〈카모메 식당〉

눈

춥 다

북 극

자 동 차

바 이 킹

후덜덜한 물가
(특히 술)

석 유
노르웨이는 석유 덕분에 부족함 없이
살 수 있는 나라 중 하나인데,
벌어들인 수입을 한꺼번에 써버리지 않고
언젠가 자원이 바닥나게 될 날을 대비해
대부분 남겨놓는다고 한다.

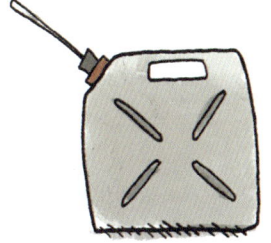

커 피
세계에서 가장 커피를 많이 마시는
나라 1위가 핀란드, 2위가
노르웨이라고 한다.
커피에 진심인 북유럽 국가들.

개인 공간 중시
정류장에서 줄을 설 때 일정한
간격을 두고 서 있는
사진을 본 적이 있다.
그만큼 개개인의 적정 거리를
중요시하는 문화라고 할 수 있다.
(그냥 인구 밀도가 낮아서일지도)

#준비 과정

캠핑카를 결정할 때부터
우리 의견은 극명하게 나뉘었다.

레고 블록으로 만든 듯
작고 아담한 캠핑카
(단, 화장실이 없고 허리를 구부리고 다녀야 함)

서서 걸을 수 있을 정도로 천장이 높고
샤워 가능한 화장실에
훨씬 넓은 공간의 캠핑카

결국 실용성과 가격 할인 행사,
그리고 제이미의 말발에 언제나처럼 설득당해 오른쪽을 선택했다.
본격적인 여행 준비를 하기 위해

방에
화이트보드가
있는 여자

난 진지하게 캠핑카를
그렸고

제이미는 여행 루트를
짜기 시작했다.

#여행 루트

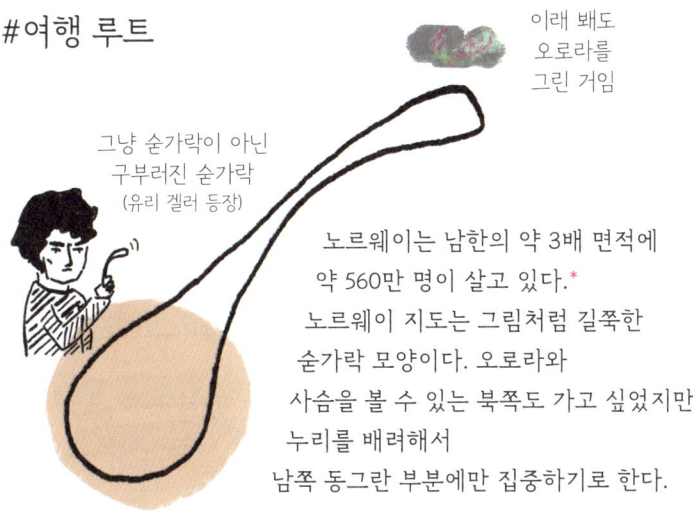

이래 봐도
오로라를
그린 거임

그냥 숟가락이 아닌
구부러진 숟가락
(유리 겔러 등장)

노르웨이는 남한의 약 3배 면적에
약 560만 명이 살고 있다.*
노르웨이 지도는 그림처럼 길쭉한
숟가락 모양이다. 오로라와
사슴을 볼 수 있는 북쪽도 가고 싶었지만
누리를 배려해서
남쪽 동그란 부분에만 집중하기로 한다.

* 2025년 기준

덴마크, 히르트스할트
(Hirtshals)

독일, 집

덴마크, 뉘보르
(Nyborg)

파르순
(Farsund)

프레이케스톨렌
(Preikestolen)

노르웨이, 오슬로
(Oslo)

본후스 호수
(Bondhusvatnet)

요툰헤이멘 국립공원
(Jotunheimen)

요스테달 빙하
(Jostedalsbreen)

플롬
(Flaam)

#짐 싸기

수건
(은근 부피 차지)

캠핑카용
얇은 휴지

비상약

가스버너

부탄가스

테이블

선크림

캠핑용품

주방용품

의자

주방 세제

벌레 퇴치제와 향

비옷

누리 비옷

신발

건전지

모자

와인 잔

화장품
(안타깝게도 열어보지 않음)

담요

누리 담요

세면도구

선글라스

핫팩

이불

빔프로젝터

보드게임

책

스피커

누리 밥그릇

산책줄

누리 밥

누리 침대

슬리퍼

누리 간식

누리 친구

티백과 핫초코

물티슈

컵

누리 여권

내가 특히 신경 써서 챙긴 짐은

미니 칠판

아이패드와
그림 도구

사진과
그림

그 외 챙기지 않아서 불편했던 것은

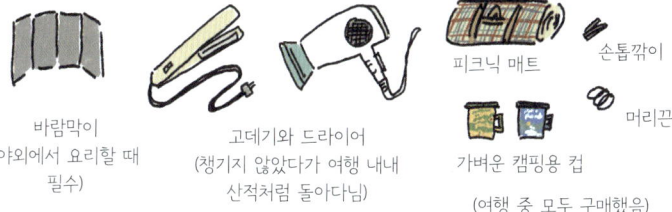

바람막이
(야외에서 요리할 때
필수)

고데기와 드라이어
(챙기지 않았다가 여행 내내
산적처럼 돌아다님)

피크닉 매트

가벼운 캠핑용 컵

(여행 중 모두 구매했음)

손톱깎이

머리끈

그리고 여행 동안 우리의 교복은

야구 모자와 비니

하얀 플리스
(추후 그레이로 변색)

추리닝 혹은
반바지

화장기 없는
맨얼굴

색만 다른
후드 티셔츠

점점 꼬질한
누렁이가 되어감

#여행 전날

나를
따르라!

짐도
많은데.

직장 동료가
선물해 줬어.
노르웨이 가서
인증 숏 보내야 함.

독일 직장 생활도 만만치 않다.

여행 전날 밤 갑자기 밖에서 커다란 폭죽 소리가 들렸다.
이 작고 고요한 동네에서 도대체 어떤 놈이…!

누리는 겁에 질려 꼬리를 내린 채
덜덜 떨었다.

어떻게 해야 할지 고민하다가 떠오른 아이디어.

헤어밴드

일단
임시방편으로다가.

#드디어 출발

오늘은 드디어 출발하는 날이다.
아침부터 집 앞에 세워놓은 캠핑카에
짐을 옮기느라 바빴다.
옆집에 사는(호기심 많은) 크리스토퍼가
그새를 못 참고 나와서 인사를 했다.

자, 이쪽으로 들어가면
작은 부엌이 있지.

오 쿨~

나와 제이미는 비슷한 면도 있지만
전반적으로 다른 성향을 가지고 있다.
MBTI도 완전히 다른 INFP, ENTJ다.
그렇다 보니 독일에서 필수적인 이웃과의 스몰토크는
제이미가 대부분 담당하고 있다.

결국 저렇게 될 줄 알았다.
그나저나 크리스토퍼는 언제 봐도
슈퍼 마리오와 너무 닮았다.

예전부터 난 정리에 소질이 없었다.
한번은 제이미 부모님 집에서 저녁을 먹고
그릇들을 식기세척기에 정리해서 넣었는데
잠시 후 제이미 엄마가 도로
다 꺼내는 걸 먼발치에서 목격했다.

캠핑 짐을 나름 혼자서 정리해
넣었지만 자리가 한참 모자랐다.
캠핑카 소개를 마치고 뒤늦게 돌아온 제이미가
매우 곤란한 표정을 지었다.

엉 망 진 창 이 네.

다시 다
꺼내야겠어.

정리는
게임이라고.

이 자식이.

그러고 보면 난 게임도 더럽게 못한다.

그 와중에 누리는 홀로
고민에 휩싸였다.

나도

같이
가는 걸까.

아닌가?

누리야
가자!

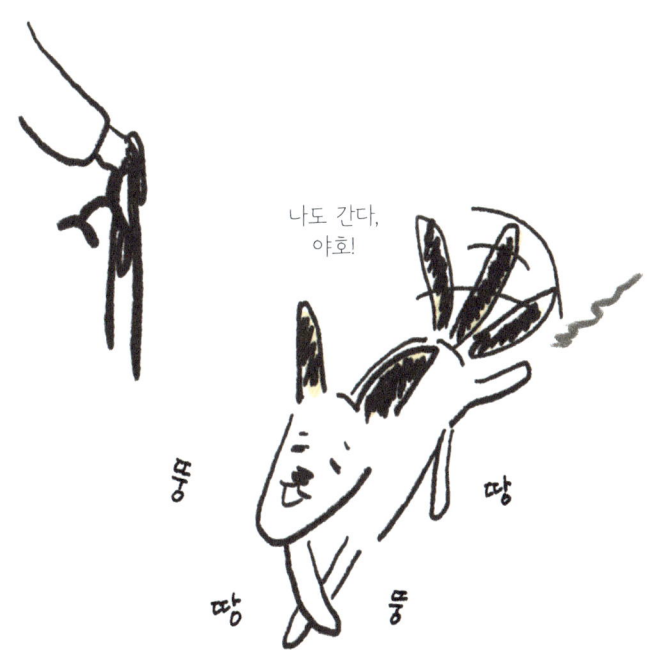

#샌드위치 누리

운전석 뒷자리에 누리 침대를 놓았는데
뭔가 마음에 들지 않는 눈치다.

누리야,
편하게 누워서
가면 돼.

스   윽

뒤쪽 침대로 가,
여긴 너무 좁아.

워이
워이

흠, 어쩌지.
우리 사이에서
가고 싶은 거 같은데.

할 수 없지.

자는 척

그렇게 누리는 여행 내내
소시지 샌드위치가 돼버렸다.
그런데 오히려 더 안정감을 느끼는 듯했다!

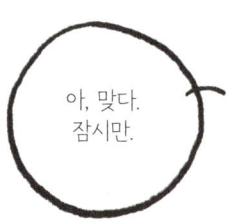

아, 맞다.
잠시만.

그게
뭐야?

영차

과자1 과자2 과자3 과자4

척   척

자, 이제
진짜 출발!

요즘 누리는 저렇게 우두커니 앉아서
우릴 바라본다.

그렇게 누리는 여행 내내
소시지 샌드위치가 돼버렸다.

뉘보르

북유럽
여행의 시작

#과자를 못 먹는다

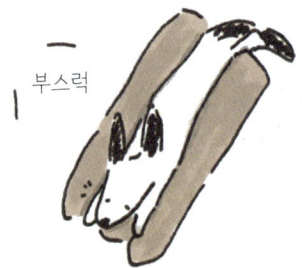

와아
뷰 장 난 아 니 다.

부스럭

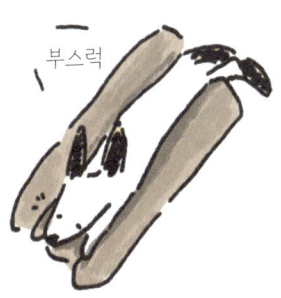

차멀미 때문에 누리는 출발 2~3시간 전부터
아무것도 먹지 못했다.
부스럭하는 소리가 들릴 때마다
벌떡 일어나는 누리 때문에
출발 전에 꺼내놓은
과자들은 결국 도착할 때까지
건드리지도 못했다.

#Pause(휴식)

(계속 왠지 짠함)

애가 말을 못 해서
그렇지 얼마나 답답하고
힘들겠어.

...

다음 휴게소에
들르자 그럼.

자다 말고
끌려 나옴

누리야,
답답했지.
자, 뛰어!

더 빨리!

신나지?

작은 휴게소 주차장을
몇 바퀴째 도는 중.

헥

헥

헥

(도대체 왜…)

헥

헥

헥

#붕붕이를 소개합니다

그럼 이쯤에서
이번 북유럽 여행을
우리와 함께할
붕붕이를 소개해 보겠다.

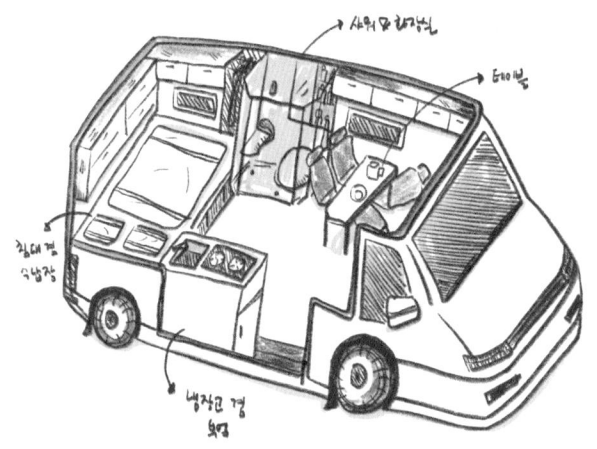

갑자기 그림체가 바뀐 건
예전에 그려놓은 캠핑카 그림이라서 그렇다.
(마음에 들어서 꼭 넣고 싶었다)

제이미가 넘어진
문제의 계단

드르륵

새집에 이사하기 전이
가장 설레는 것처럼
캠핑카도 처음 받았을 때가
가장 신났다.

문을 열면
왼편에 아담하고 귀여운
보물 냉장고가 있다.

너무 작고 소중하다.

요리를 잘하든 못하든
냉장고를
채워 넣는다는 건
참 든든한 일이다.

요즘 한국에서 캠핑할 땐
밀키트가 대세라던데
독일에는 그런 게 없다.
없으면 직접 만들 수밖에.
인간은 적응의 동물이니까.
미리 양념과 야채를 소분해서
찌개 밀키트를 만들었다.
(사실 난 외국에 살기
곤란한 전통 한식파다)

된장   고추장

야채

소금 후추 간장 고춧가루

노르웨이에서 구하기 힘들다는
삼겹살

도착하고 바로
마실 맥주

비상 비타민

이 캠핑카는 뭐니 뭐니 해도 침대가 정말 편하다!
그래서 앞으로의 여행 내내 우린 숙면을 취하게 된다.
(우주선에서 사용하는 무슨 기능성 소재와
동일하다고 함. 관계자는 아님)

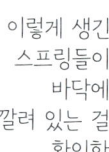

이렇게 생긴
스프링들이
바닥에
깔려 있는 걸
확인함

침대 밑은 트렁크로 사용하는데
공간이 큰 대신 침대가 높아서
누리가 혼자서는
절대 올라오지 못한다.

올려죠.

이럴 땐 꼭 귀가 사라져서
수달 닮은 민머리 개가 됨

사실 운전석 위에
벙커베드가 하나 더 있는데

제이미보다 체구가 작은 내가 써볼까도 생각했다가

충분히
가능하지.

마치 관에 들어간 듯한
지나친 아늑함에 포기하고
그냥 수납 용도로만
사용하기로 했다.

물탱크에 정수는 약 110리터,
오수는 약 90리터까지 저장 가능하다.
차에서 샤워를 하지 않는다는 전제하에
3일 정도 사용 가능한 걸로 추정된다.

처음엔 쫄아서 설거지도
졸졸 흐르는 물에 했음

#첫 경험

출발하고 얼마 지나지 않아 주유소에 멈췄다.
급한 건 아니었지만 난 화장실에 가겠다고 했다.

원통 모양의 화장실 안에는 접이식 세면대와
샤워기로도 사용 가능한 수도꼭지,
그리고 바로 오른쪽에 작은 변기가 있다.
변기는 뒤편에 있는
네모난 통과 연결되어 있다.

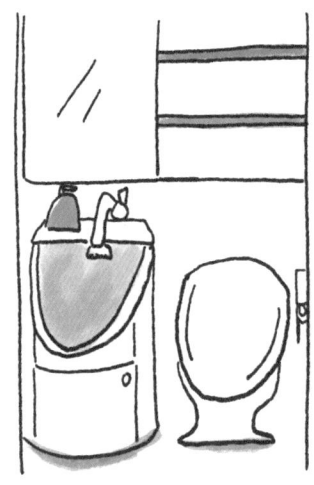

언뜻 물통처럼 보이는
변기통

오,
생각보다
아늑하고
좋은데.

야,
큰 거는
금지!

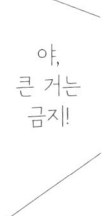

변기 위 동그란 경고등이
초록색에서 빨간색으로 완전히 변하면
즉시 비워줘야 한다.

빨간색이 나타나기
시작하면 긴장감 증폭

편리하게도 이 모든 건 벽에 있는
작은 터치패널에서 확인하고 조절할 수 있다. (좋은 세상이다)

전기   난방   배터리   급수

#덴마크에서의 첫날 밤

7~8시간의 운전 끝에 드디어 덴마크에 도착했다.
새벽 2시였다.

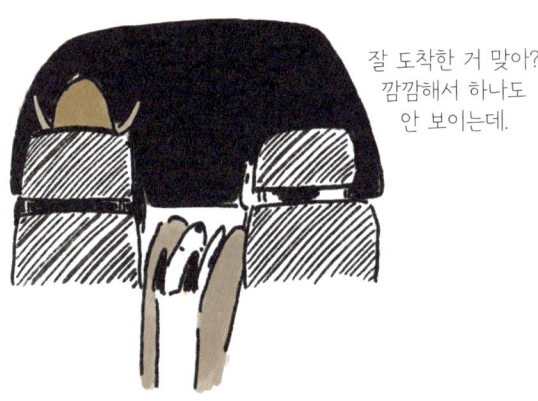

잘 도착한 거 맞아?
깜깜해서 하나도
안 보이는데.

누리야,
잘 자.

조금 불안했지만
너무 피곤하니
일단 자기로 했다.

더듬

하아
너무 좋다.

드르렁

잠자리에 들기 전 캠핑카 창문마다
커버를 씌웠다. 첫날 밤 어디인지도 정확히
모르는 곳에서 우린 잠이 들었고
이 모든 게 아직 어색하기만 한 누리는
조그마한 인기척에도 작게 짖었다.

멍

스비네순드

두 나라를 지나서,
노르웨이로

#다음 날 아침

아함~

네 시간도 못 자고
잠에서 깼다.
창문 블라인드를 반 정도 열어보니
줄지은 차들이 보였다.

아…
주차장이었네.

누리야,
우리 산책 갈까?

운전하느라 고생한
제이미는 더 자게 놔두고
조용히 누리를 데리고
산책을 나갔다.

어디로
가려고?

산책 훈련을 포기한 뒤
그냥 개가 가자는 대로
따라가는 보호자.

와아….

1년 만의 바다였다.

빨리 제이미에게도 보여주고 싶어서
다시 주차장으로 달려갔다.

이럴 때가
아냐.

일어나 봐.

여기서 쭈욱
후진해 봐.

아니 도대체
왜….

비몽사몽

놀라지 마.
준비됐어?

캠핑카 뒷문을 열자 수풀 뒤로
잔잔한 바다, 그리고 저 멀리
빨간 등대와 나무들이 보였다.
캠핑카 여행을 계획하면서
가장 꿈꿔왔던 순간이었다.

#바빠도 감성은 챙겨야지

세관 문제 때문에 개촌충 치료를 한 후
제한된 시간 안에 노르웨이에 입국해야 하니
서둘러야 했다.
아침은 간단히 인스턴트 초코빵과
핸드드립 커피로 때우기로 했다.
드립 커피를 제대로 내려본 적은 없지만
캠핑은 감성이니까.

감성 캠핑 추구

실용 캠핑 추구

(조수석과 운전석을 돌리면
아늑한 4인용 테이블이 된다!)

끊임없이 내리는 중.

드디어 커피를 마신다.

저기 있잖아,
내가 생각해 봤는데 좀 더
극적인 장면을 위해서 말이지.
아침에 문을 열었더니
바로 바다였다고 하는 건 어때?

너만 입
다물면 됨.

반성합니다.

SNS의 폐해.
믿지 마세요.

#국경을 지나

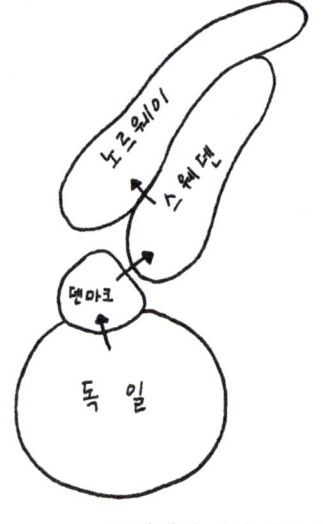

덴마크에서 노르웨이로
가기 위해서는
스웨덴을 지나가야 한다.

'유럽에서 가장 아름다운 국경'이라고 불리는
스비네순드(Svinesund) 다리를 건너면 노르웨이다.

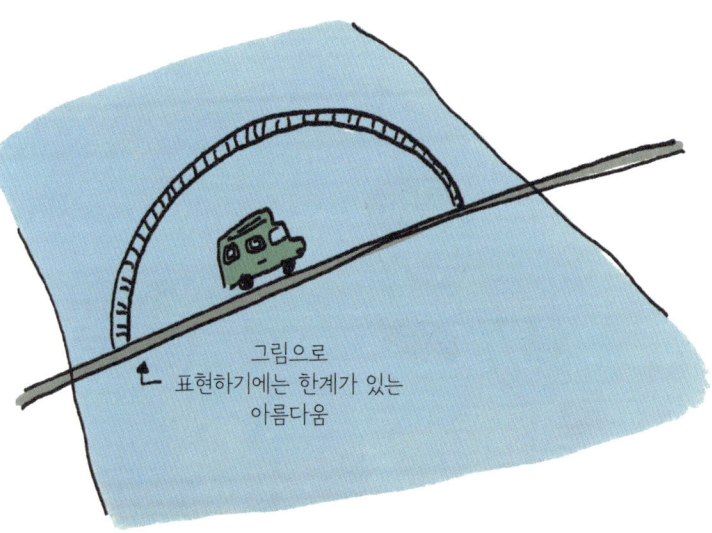

그림으로
표현하기에는 한계가 있는
아름다움

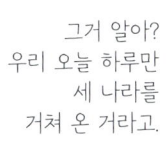

그거 알아?
우리 오늘 하루만
세 나라를
거쳐 온 거라고.

오 굉장해.

노르웨이 국경

노르웨이의 살인적인 물가 때문에
대부분의 사람은 독일에서
미리 장을 본다.
특히 맥주를 사랑하는
독일인들이 워낙 맥주를 짝으로
사서 들고 오는 바람에
노르웨이 검문소에서 짐 검사를
할 때도 있다는 얘기를 뒤늦게
듣고는 둘 다 잔뜩 긴장했다.

아시안 여자 둘
강아지 하나의 조합

세상 순진한
표정

흠...
오케이
패스!

마침
잠에서 깨서
기분 좋은 개

후드 티셔츠에
반바지

앞에 놓여 있는 과자들

그는 알지 못했다.
이 캠핑카에 주당 둘이 타고 있단 사실을.
(다소 과장된 그림이니 절대 따라 하지 마세요)

 의 노르웨이 입국 체크리스트

<사람>

술(면세 기준)
맥주: 2리터
와인: 1.5리터
(증류주 포함 시 더 줄어듦.
전체 반입 가능량을 계산하는
앱이 있으니 참고!)

담배: 200개비 이내

<개>

병원에서 구충제 처치 후
24~120시간 이내에 입국해야 함

당연히 목줄

마이크로칩

필요 문서
- 여권(EU) 혹은 대체할 수 있는
  공식 수의학적 서류
- 광견병 예방접종 서류

금지 견종 여부 확인
(핏불테리어,
아메리칸스태퍼드셔테리어 등)

술꾼 둘, 개 하나.

캠핑카 여행을 계획하면서
가장 꿈꿔왔던 순간이었다.

오슬로

오슬로 누리를 만나다

#진돗개를 찾아서

누리를 입양하고 나서
진돗개(진도믹스)에 대한 관심이 커졌다.

내가 사는 독일이나 근처 유럽에
진돗개를 키우는 사람이 있는지 궁금해졌고
틈날 때마다 SNS에 검색해 보기 시작했다.

그러던 어느 날, 여행 가기 한두 달 전쯤 발견했다.
노르웨이에 사는 또 다른 진도믹스 누리를.
(심지어 이름도 똑같다!)

INFP가 상상한 대화.

1. 단호한 거절

> 여차저차해서
> 우리 같이
> 만날까요…?

> 아뇨.
> 제안은 감사하지만
> 괜찮습니다.

2. 읽씹

> 걔들끼리
> 같이 만나서
> 놀까요…?

1

> 걔들끼리
> 같이 만나서
> 놀까요…?

3. 다른 핑계 대기

> 제가 하필이면 두 달 뒤
> 그날 중요한 일이 있을 예정이라서요.
> 너무 아쉽네요.
> 다음 기회에 꼭 만나요!

난 과거의 민망했던 일이나 미래에 느낄 부끄러움을 생각하면
혼자서 으윽 소리를 내며 입을 벌리고
자라처럼 목을 내미는 버릇이 있다.

으윽

그러다 그걸 제이미가 봐버렸다.

방금 그 표정 뭐냐?
ㅋㅋㅋㅋㅋㅋㅋㅋ

아이고 내 배꼽~
(독일인이 아닌 게
분명함)

결국 우린 만나기로 약속을 했고
노르웨이 누리 보호자가 추천해 준
에케베르그 캠핑장(Topcamp Ekeberg)에 도착했다.
오슬로 도심에 이런 캠핑장이 있다는 게 놀라웠다.
캠핑장이 언덕 위에 위치해 있어
도시 전경을 내려다볼 수 있었다.

테이블 좀
꺼내 와.

이거 너무
무거운데.

내가 딴 거
사자고 했지.

이게 더
감성 있잖아.

제이미가 원했던
특수 소재의
가벼운 테이블

내가 산 목제 테이블
인터넷에서 보고 예뻐서 주문했는데
웬 통나무가 배달됨

우린 통나무 테이블에서 여유롭게 커피를 마시며
노르웨이 누리를 기다렸다.

10분 전이래.

…
언제 온대?

묵   직

지금 막
도착했대.
(두근두근두근)

…
언제 온대?

#닮은 듯 다른

독일 누리
네 살

노르웨이 누리
한 살

귀가 더 크고 얼굴이 홀쭉
시크한 성격

귀가 옆으로 처졌고
동글동글 웃는 상
사교적, 활발

사실 우린 누리를 입양하고 아직 한 번도
누리가 개들과 즐겁게 노는 걸
본 적이 없었다.

무반응
곤두선 털

언니
놀자!

역시 우려했던 대로
(독일) 누리는 관심이 없어 보였다.

마냥 뿌듯한 학부모 모임

어이쿠
우리 새끼.

꺄악
귀여워~

그렇게 우린 사진을 100장씩 찍으며 와인을 마시고 있었다.
그런데 갑자기 (독일) 누리가 상체를 숙이더니
엉덩이를 천천히 좌우로 흔들기 시작했다.

헉
제…제이미.

슬금
슬금

에잇

그러더니 아주 어색한
'엉덩이 치기'를
혼자 공중에 대고
시도하는 거였다!
(강아지끼리 서로 엉덩이로
툭툭 치는 행동은 같이 놀자는 신호다)

하지만 안타깝게도
(노르웨이) 누리는 (독일) 누리에게
흥미가 떨어진 듯했다.

자리를
피하자.

안 돼애…
(노르웨이) 누리야
제발….

헙….

가슴 찢어지는 보호자들

#우당탕탕

왜 이건
나만 드는 것 같지.

다음 날 아침
모닝커피를 감성 있게 마신다.

끙

왠지 초조해지는
감성 캠핑파

졸 졸 졸

무겁고 느리고
답답해서 속 터지는 실용 캠핑파

설상가상으로
고추장찌개를 끓이기 위해
미리 준비해 온
핸드메이드 밀키트를 냄비에 붓고
참치를 함께 넣었는데
봉지를 착각해서 그만
'참치된장찌개'가 돼버렸다.

나름 특이하고
괜찮은데.

이런 게 또 캠핑의 묘미…   닥쳐.

이 와중에 눈치 없이
밥 안 먹는 개

그리고 드디어 때가 왔다.

비   장

여행을 시작하고 처음으로
화장실 변기통을 비워야 할
시간이 온 것이다.

딸칵

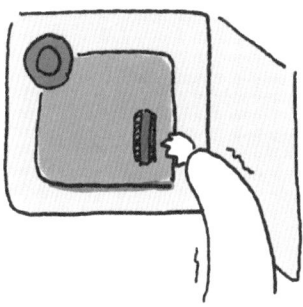

차 왼편 아래의
작은 문을 열고
변기통을 조심스럽게
빼낸 후

뚜벅

뚜벅

뚜벅

흡
숨 쉬면
죽는다.

뚜껑을 열고
캠핑장의 지정된 장소에
버리면 되는데

생각한 것보다
훠얼씬 냄새가 양호했다.

…응?

막상 해보면 별거 아닌 일들이 세상에는 참 많다.
개운한 마음으로 텅 빈 변기통을
차 안에 도로 끼워 넣었다.

그리고 우린 북쪽으로 이동하기로 했던 일정을 바꿔
오슬로에 하루 더 머물며 누리를 만나 놀기로 했다.
(이런 즉흥성과 융통성이 또 캠핑카 여행의 묘미…)

#재회

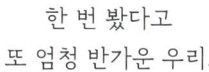

한 번 봤다고
또 엄청 반가운 우리.

하이~

안녕하세요.

또 만난 누리와 누리

오늘은 버스를 타고
오슬로 시내에 가기로 했다.
(독일) 누리는 대중교통을
타는 게 처음이었다.

긴장

너무 많은 다리들

무셔버···

응?

버스에서도
너무 해맑은
한 살 (노르웨이) 누리.

내 가   언 닌 데

고층 빌딩을 처음 본 누리.
그렇다. 우리가 사는 곳은
3층 이상 건물을 찾기 힘든
작은 동네다.

나만 따라오라구.

오
멋진데.

빌딩 보고 감탄하고
있는 인간 둘.

역시 처음인
통유리 쇼핑몰
엘리베이터.

언니, 괜찮아.
금방이야.

쇼핑몰 안에 있는 반려동물용품 가게에 들러서
노르웨이 건강 개 간식을 잔뜩 샀는데

(독일) 누리는 쳐다보지도 않길래
(노르웨이) 누리에게
전부 주고 왔다.

그리고 캠핑장에서
좀 더 편하게 있으라고
긴 목줄도 샀다.

#두 개의 뿌리

쇼핑몰에서 나오는 길에 갑자기
어떤 사람이
한국어로 인사를 했다.

안녕하세요?

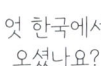

엇 한국에서
오셨나요?

네, 혼자
여행 왔어요.

제이미는 유독 신이 나서
이런저런 질문을 한다.

이것도 인연인데
같이 밥이라도…?

캠핑장에서도 독일에서 온
차들을 보면 그냥 지나치지 못하고
근처를 배회하며 인사할 틈을 찾더니.

우리 옆 도시에서
왔대.

이웃사촌!

외국에서 오랜 시간을
산다는 건

길이가 다른 두 개의 뿌리가
단단히 자리 잡는 걸지도 모르겠다.

#내가 언니야

그러다 드디어 (독일) 누리가 나설 차례가 되었다.

우리 누리는
물을 무서워해서요.
백조도 그렇고….

내가 바로 언니다.

성큼
성큼

사실 백조를 포함한 이 동물들은
(독일) 누리가 집 근처 공원에서 일주일에 서너 번은
만나는 아이들이었다.

(독일) 누리　　염소　　　백조　　다람쥐　　　오리

물론 그렇다고 친하다는 건 아니다.

(난 안 무섭다
난 안 무섭다
안 무섭다…)

언니
멋쩌.

#기념품 쇼핑

다음은 그 유명한 그림 <절규>가 있는
오슬로의 뭉크박물관.
아쉽게도 개는 함께 들어갈 수 없다.
그래도 (노르웨이) 누리 보호자의 배려로
1층에 있는 기념품 매장을 구경할 수 있었다.

걱정 말고
다녀와요.

아쉬운 마음에 짧은 시간이지만
(나름) 폭풍 쇼핑을 했다.

오슬로도서관
대출카드가 그려진
파우치

여행 내내
유용하게 쓴
캠핑컵

포근한
피크닉 담요

#연어 만찬

마트에서 연어와 샐러드를 사서
함께 캠핑장에서 먹기로 했다.

다시 돌아가는 길.

누리!

귀 여 워 !

이게 그 연어다.
여행하는 동안 다섯 번은 사 먹은 것 같다.
해산물이 어마어마하게 비싼
(그것도 대부분 냉동인)
독일에서 보기 힘든 신선한 연어였다.

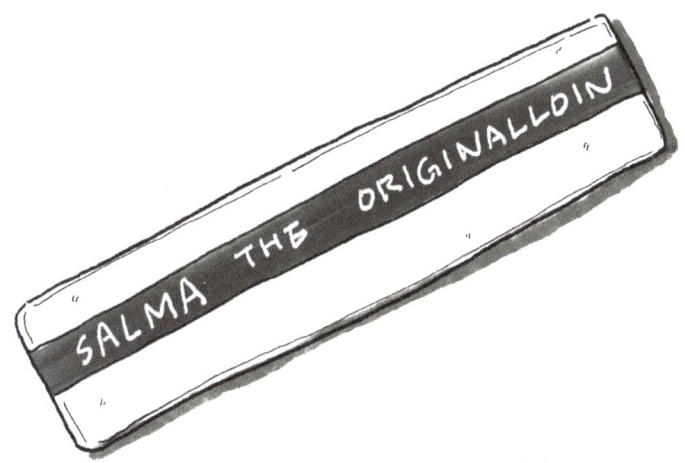

소박해 보일지 모르지만
이번 여행에서 가장 기대했던 것 중 하나가
바로 이 연어!

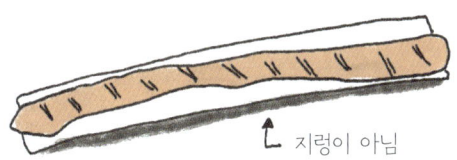

↑ 지렁이 아님

전 요즘
연어가 별로
안 당겨서요.
다른 거 먹을게요.

오,
노르웨이
현지인의
여유….

그런데 말이죠,
여기 초고추장이
있습니다만?

초고추장 덕분에 열린
연 어 파 티!

어머,
초고추장이랑
먹으니 너무
맛있어요.

헤헤
그죠?

그리고 동상이몽 중인
누리 둘.

#여행의 인연

(노르웨이) 누리를 데려다주는 길에
마지막으로 멋진 오슬로 야경을 봤다.

예술적이고 감각적인 도시 오슬로.
다만 어두운 산책로 여기저기
설치된 조형물들은
조금 난해했다.

돌벽에 가로로 붙은
얼굴이 계속 노래를 부르고

평범한 나무가 갑자기
뭐라고 소리치며
말을 걸었다.

익숙한 노르웨이 주민과
노르웨이 개.

같이 우다다다 달리고

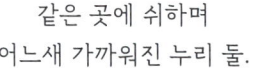

같은 곳에 쉬하며
어느새 가까워진 누리 둘.

누리야,
가자.

또 만날 수 있을까?

…글쎄.

우리는 몇 번이나 더 만날 수 있을까?

친구 중 하나는 여행을 하면서 우연히 만난 낯선 사람과
속에 담아둔 얘기까지 나눠도
절대 연락처를 주고받지 않는다고 했다.

그런 면에서 난 좀 질척이는 사람이다.
여행을 하면서 만난 인연 하나하나가
아쉽고 신기하고 소중하다.
물론 그렇게 만난 사람 중 열에 아홉은
자연스레 연락이 끊기지만.

나도 나이가 든 걸까.
외국에 살면서 엄마, 아빠는 앞으로 많아야 몇 번을
더 보려나 하는 생각이 들 때면 콧등이 시큰하기도 하고
어딘가 여행을 가면 내가 다시 여기에 올 수 있을까 싶은
아쉬운 마음이 금세 둥실둥실 떠오른다.

꼭 다시 만나서 같이
오로라 보러 가자.
누리 둘 데리고!

풀밭에 누워 자는 개의 모습은
왜 이렇게 짠한 걸까.

동상이몽
중인 누리 둘.

내가 바로
언니다.

5화

요툰헤이멘 국립공원

북유럽
생일 공주

#역할 분담

드디어 북쪽으로 출발이다.

이 미니 칠판은
독일의 다이소 'TEDi'에서 구입했다.
1유로라 그런지 액자 왼쪽이 눈에 띄게
어긋나 있다. 의욕적으로 아침마다
하루의 메시지를 남기려고 했지만
딱 두 번 쓰고는 어딘가로 사라졌다.

이 캠핑카에서는 각자의 역할이 있다.

제이미
운전 담당

나
인간 알람 시계
수다 담당
누리 산책

누리
귀여움 담당
사실 잠만 잠

스물다섯 살 때쯤이었다.
이제 막 첫 회사에 들어가
한창 적응을 못 하고 있었고
이별까지 겪는 바람에
방황하던 시절이었다.
비 오는 어느 주말
회사에 가는 길에
라디오에서 흘러나오는 노래를 듣고
그만 울컥해 버렸다.

그러다 신호를 기다리던 앞차를 들이받았다.

그 후 엄마는 나에게 말했다.
나 때문에 불안해서 잠을 못 잔다고.

그냥 운전
안 하면
안 되겠나….

그렇게
나의 짧고 뜨거웠던
드라이버 인생은
끝이 났다는
안타까운 이야기.

(왜 제이미 혼자만 운전한다고 고생하냐는
주변의 반응 때문에 주절주절 변명한 거 맞습니다)

그래도 난 내 역할에
최선을 다한다.
운전한다고 풍경을 즐기지 못하는
제이미를 위해

내가 할 수
있는 걸 한다.

이거 봐봐,
내가 다 찍어놨어.
하하하

중간에
멀미할 뻔….

조금 어설프더라도.

뿌듯

(다 흔들렸잖아)

근데
이 판잣집은
왜 찍은 거야?

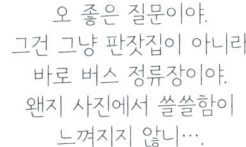

오 좋은 질문이야.
그건 그냥 판잣집이 아니라
바로 버스 정류장이야.
왠지 사진에서 쓸쓸함이
느껴지지 않니….

사진작가 탄생.

게다가 동물적인 감각으로 위기에 대처한다.

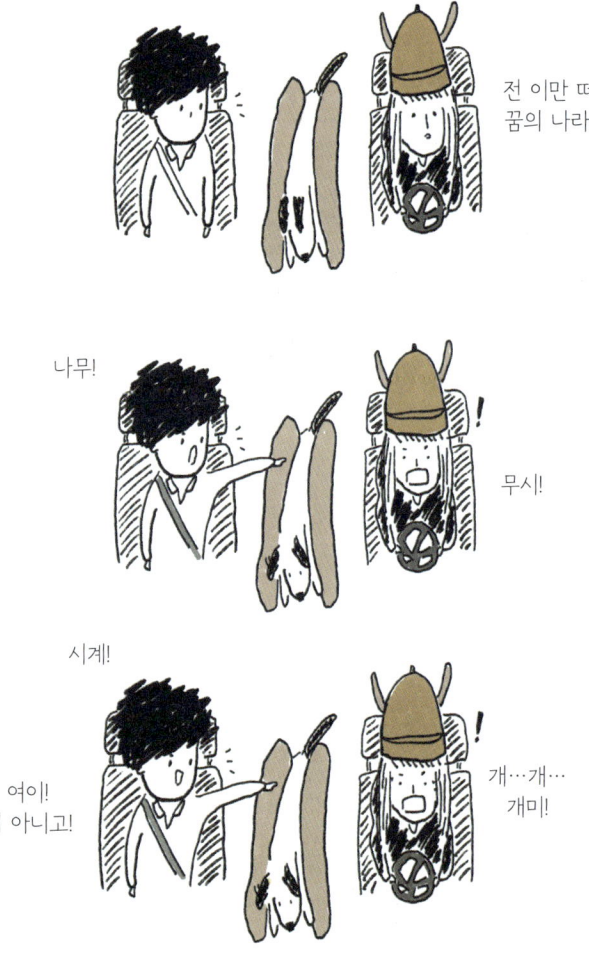

전 이만 떠나요
꿈의 나라로….

나무!

무시!

시계!

여이!
개 아니고!

개…개…
개미!

제이미는 이상하리만큼 끝말잇기 게임을 좋아한다.
언젠가 제이미가 날 이기면 조금 아쉬울 것 같다.

누리는 자다가도

갑자기 벌떡
일어나는데

빨리
만져달라는
신호다.

안마의자 못지않은
현란한 손놀림.

그렇게 최대한
버티고 버티지만

다시 스르르 잠이 든다.
이 시간을 단축시키는 재미가 꽤 쏠쏠하다.

껄껄껄

#여행의 장점

여행의 좋은 점은

그냥
오래된
나무 다리

아무것도 아닌 일에도

그냥
소양강댐

진심으로 즐거워하게 되는 것.

우와
물이 엄청 많잖아!

헤매고 헤매다
드디어 발견한
오늘의 캠핑 스폿.

사방이 피오르와
거대한 절벽으로
둘러싸인 우리 셋만의 공간이다.

오늘은 일반 캠핑장에 가는 것이 아니라
'프리캠핑'에 도전해 보기로 했다.
독일에선 법적으로 금지되어 할 수 없기도 하지만
무엇보다 오늘은 바로바로,

내 생일   전날!

저녁 만찬을 위해 출발 전
마트에 들러 (또) 연어와 오이,
가리비, 샐러드를 샀다.

아, 깜빡했던
손톱깎이도.

캠핑카 여행을,
그것도 반려견과 함께하면
갈 수 있는 곳에 제약이 많다.
그래서 웬만한 곳은 번갈아가며
들어가야 한다.

특히 도심의 주차장은
높이 때문에
출입 자체가 힘듦

나 먼저
갔다 올게.

빨리 와.

귀는 왜 또
사라지는데

원래 누리는 잠시라도
차에 혼자 두면 침을 뚝뚝 흘리며
긴장하는데 이상하게
캠핑카에서는 괜찮았다.
그렇게 심하던
멀미도 사라졌다.

(작은 팁: 강아지가 멀미가 심하다면
눈 딱 감고 장거리 로드트립을 떠나보세요. 도착했을 때
개가 좋아하는 자연이라면 더욱 좋습니다. 멀미가 한결 좋아질 겁니다)

대신 주차장이
넓은 마트에 가는 재미가 있는데
특히 좋아하는 건 맥주 코너.
맛은 뛰어나지만 칙칙하고 밋밋한
독일 맥주들에 비해

현란한 색상과 디자인으로
시선을 한눈에 사로잡는다.

무지개 맥주

멋진 일러스트가 그려진 맥주캔들

보기만 해도 기분이 좋아지는
HAPPY 맥주

찍어죠!

그걸 또 따라
하는 제이미.
아무튼
그냥 넘어가는
법이 없다.

#주변 정찰

허허벌판에 너무 우리뿐이라
좀 무섭기도 해서
누리와 함께 정찰을 나갔다.

두리번

이때만 해도 개와 함께 산 지
얼마 되지 않은 왕초보 보호자였기에
누리가 볼일을 볼 때면 민망해할까 봐
먼 곳을 응시하곤 했다.

여긴 이제
내가 접수했다.

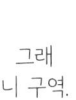

그래
니 구역.

오히려 내가 누리를 보호해 줘야 할 것 같지만
그래도 함께라는 게 꽤 든든하다.

아마도 괴한들이 나타난다면
누리는 그 자리에서 얼어버려

아주 작게 짖겠지만.
(컹컹 아님)

그때였다.

#북유럽 생일 공주

맞다.
오늘은 내 마흔 살 생일 파티 날이다.
사실 독일에선 마흔이 되면 성대하게
파티를 하는 경우가 많지만
난 대신 여행을 선택했다.

그렇게 난 북유럽 생일 공주가 되었다.

독일 사람들은 생일 전에 축하를
하면 좋지 않은 일이 일어난다고
믿는 나름 귀여운 구석이 있다.
하지만 난 한국인이니
생일 전날 일찍부터
파티를 개최했다.

인스턴트 초코빵

날씨가 쌀쌀하고 비까지 내려서 오늘 만찬은
캠핑카 안에서 먹기로 했다.
(통나무 테이블도 꺼내기 너무 무겁다)

독일에서 가져온 귀한 삼겹살
노르웨이에는 베이컨 향이 나는 삼겹살밖에 없음
(물론 내가 못 찾은 걸 수도)

또 연어

부대찌개

브로콜리 샐러드
(정말 맛있다!)

그럼 캠핑카에서는 어떻게 밥을 먹을까?
우선 운전석과 조수석을 반대 방향으로 돌린다.
돌릴 때 손이 낄 수도 있으니 조심.

조수석 의자엔
누리의 별무늬 이불을 깐다.

그럼 누리가
뛰어 올라가서

그 위에서
잠이 든다.

운전 못하는 사람(나)은
맞은편 직각 의자에 앉는다.
(비행기 맨 뒷좌석과 똑같다)

자, 이제
본격적인
기념사진 촬영!

40!

40!

왠지 제일 신난
(아직 30대)
제이미.

say 40!

누리도 함께
40!

그 만.

#다음 생에는

파티가 끝나고 자리를 옮겼다.
침대에 누워 화장실 벽면에
빔프로젝터를 쏘면 작은 영화관이 된다.

바둥바둥

올라오고
싶나 봐.

올려주자.

그때 갑자기 제이미가 말했다.

난 있잖아,
다음 생에는
해달로 태어날 거야.

해 달…?!

그거 나쁘지 않은데…?

하지만
난 다시 태어나면
멋진 댄서가 될 거야.
(스우파 같은 댄스 경연도 나가고)

(춤을 그림으로 표현하려니
조금 우스꽝스러워졌다)

음…
그럼 난
밥 주는 사람.

그래서
너넨 사료나 주고
난 실컷 고기를 먹을 테다!

씨이익

누리야
잘 시간이야.
이제 그만 내려가.

자는 척

#여전히 귀여운 마흔

캠핑카 침대에 누우면

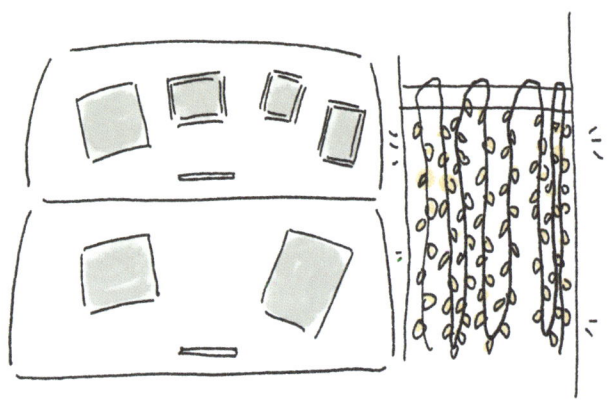

크리스마스같이 반짝이는 노란 전구들과
우리 사진, 그림이 보인다.

그리고 천장의 창을 열면

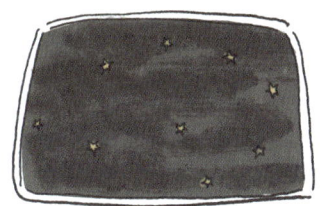

또 다른 반짝반짝임.

어렸을 땐 이 나이가 되면
큰일이라도 날 줄 알았는데
막상 40대가 되어도
아무 일도 일어나지 않았다.

좁은 침대에 셋이 다닥다닥 붙어서
까만 하늘을 바라보고 있자니
내 40대도 제법 괜찮을 것 같단 기대마저 들었다.

여전히 귀여운 마흔 살.

피오르와 거대한 절벽으로
둘러싸인 우리 셋만의 공간이다.

보기만 해도
기분이 좋아지는
HAPPY 맥주.

인스턴트 초코빵으로 만든
생일 케이크.

노르웨이

6화

요툰헤이멘 국립공원

험난한
프리캠핑의 길

#진짜 생일

오늘은 내 생일이다.

번쩍

제이미가 알아서
누리 아침 산책도
갔다 오고

이 늙은이는 오랜만에
밖에서 먹고 싶다.
(뒤끝 있는 성격)

누워 있으니
아침도 준비하고

말 한마디에
통나무도 척척 옮긴다.

어제 파티의 여파로
둘 다 숙취에
시달리는 중.

오늘 아침 메뉴는 어제 남은 찌개에 찬밥을 넣고 끓인
부대찌개 밥과 계란프라이, 그리고 김이다.
단출해 보여도 이 정도면 충분히 훌륭하다.

제이미가 졸졸졸 내려준
드립 커피까지 마시니
드디어 3일 만에
신호가 왔다!

갔다 올게.

끄덕

#프리캠핑은 야생적이다

난 지금 누리를 위해
망을 보는 게 아니다.
나를 위한 적절한 스폿을
찾는 중이다.

두리번

이건 누리 거.

그러고 보니 여긴…
거대한 바위로 둘러싸여 있고
적당한 습도의 흙과 폭신한 낙엽들.
이 녀석 봐라.
본능이 굉장히 뛰어난 개였군.

마지막으로
인간으로서의
존엄과 수치심을
잠시 버린다.

에잇

시 선

회 피

하하하
다음엔 혼자
와야겠다.

어

색

두둑

이번 여행에서
처음이자 마지막 야외 배변이었다.

#캠핑카의 현실

[상상 속 캠핑카]

천장에 짐을 놓기 위한 그물이
설치되어 있으나
아무짝에도 쓸모가 없음

이렇게 열어놓으면
온갖 벌레들이
방문함

이런 인테리어
장식들은
운전하다가
다 떨어지고
난리 남

세 번 이상 사용 안 함

[실제 캠핑카]

협소한 공간으로 인해
여기저기 쑤셔 넣은 짐

걸 데만
있으면
널기 바쁜
빨래

꼬질꼬질해진
개

생각보다
공간을 많이 차지하는
누리 용품

#완벽한 심심함

캠핑카 바로 앞에
엄청난 물살을 자랑하는
계곡이 있었다.

우린 바위에 앉아
본격적으로
물멍을 하기로 했다.

누리는 처음엔 무서워서
멀찌감치 떨어져 우릴
바라만 보다가

용기를 내보기로 했다.
뭐든지 첫 한 걸음이
가장 어려운 법이니까.

더 바랄 게 없는,
그 자체로 완벽한 심심함이었다.

한참 시간 가는 줄 모르고 있다가
정신을 차리니 이미 주변이 어둑해지고 있었다.

계곡에서 캠핑카로 돌아가는 길.

헤이
얼른 차 빼!

트랙터를 타고 나타난 한 남자가 우리에게
당장 차를 빼라며 강하게 손짓했다.
알고 보니 이곳은 주말이라 잠시 중단했을 뿐
공사가 한창 진행 중인 현장이었던 것이다.

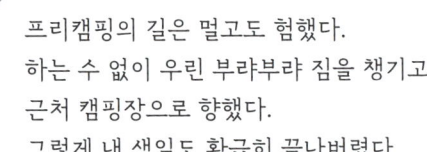

프리캠핑의 길은 멀고도 험했다.
하는 수 없이 우린 부랴부랴 짐을 챙기고
근처 캠핑장으로 향했다.
그렇게 내 생일도 황급히 끝나버렸다.

용기를 내보기로 했다.
뭐든지 첫 한 걸음이
가장 어려운 법이니까.

요툰헤이멘 국립공원

우연히 만난
평화

#노하우가 생기다

출발한다.

어, 잠깐만.

여행 초반엔 정해진 장소에 물건을 놓고 출발했는데

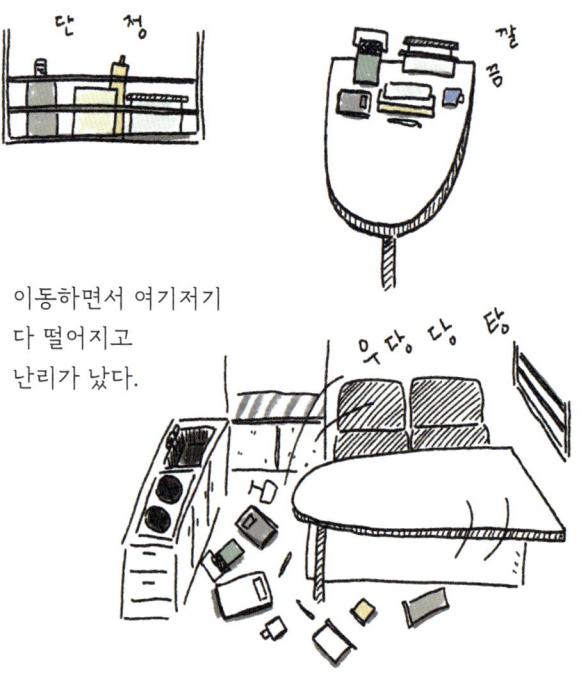

단정

깔끔

이동하면서 여기저기
다 떨어지고
난리가 났다.

우당탕탕

여행을 하면서 생긴 나름의 노하우.

작고 가벼운
물건들을
다 모아서

침대에 놓고는
이불로 덮어버린다.

매우 안전하다.

#배산임수

아니, 그런데 여긴?

뒤로는 눈 쌓인 산이 있고 그 앞으로 강이 흐르며
숲이 우거진, 말 그대로

배 산 임 수!
(엄밀히 말하면 산과 물 모두 우리 앞에 있긴 하지만)

쫓겨나서 허둥지둥
찾아온 곳이라고 하기엔 너무 좋았다.
이 넓은 캠핑장에 캠핑카(우리), 글램핑
텐트 세 팀밖에 없고 풍경도 예술이었다!

캠핑을 많이 해보지는 않았지만
매번 차, 텐트, 차, 텐트로 가득했던 기억이 있다.

다 닥 다 닥 다 닥

심지어 야외 테이블에서
보는 뷰가 옆집 텐트

아직 안
일어나셨네.

그런데 여긴 캠핑카 뒷문을 열자 그림 같은 풍경이 펼쳐졌다.
이건 정말로 조작된 게 아니다.

멋진 풍경을 보며, 출출했던 우린
버터를 넣어 가리비와 스테이크, 양파를 굽고
남은 연어회(이젠 정말 이별할 때가 온 것 같다)를 먹었다.

이미 모두가 잊었지만 오늘은 내 생일이기도 하고
기분도 좋아서 아끼던 김치 하나를 뜯었다.

#찰나의 평화

하지만 모든 갈등은
가장 평화로운 순간에
시작된다고 했던가.

···근데
왜 이건

조용히 통나무 테이블을
옮기던 제이미가

나만 옮기는 것
같지?!

드디어
폭발해 버렸다.

에잇
망할
통나무!

나는 그 사실을 까맣게 모른 채
캠핑장에서 샤워를 하기 위해
전용 동전 네 개를 구입했다.

이미 꽁한 상태인 제이미

갑자기 샤워할 기분이 아니라는
제이미를 두고 나도 기분이 상한 채로
샤워실로 향했다.

옷을 벗고 씻으려는데
이런, 동전을 하나만 챙겨 왔다.

다급한 4분의 시간.

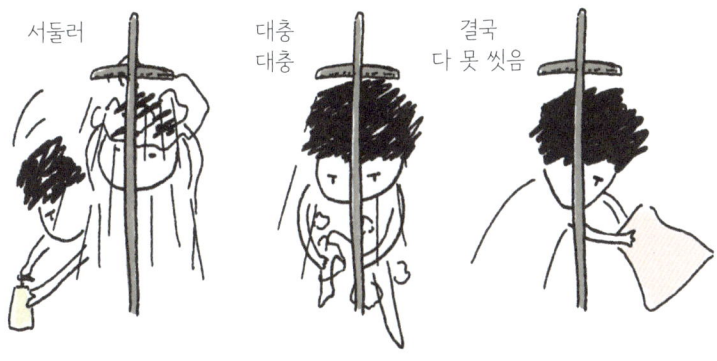

반면 마음이 바뀐 제이미는 동전 세 개로
여유로운 스파를 즐겼다.

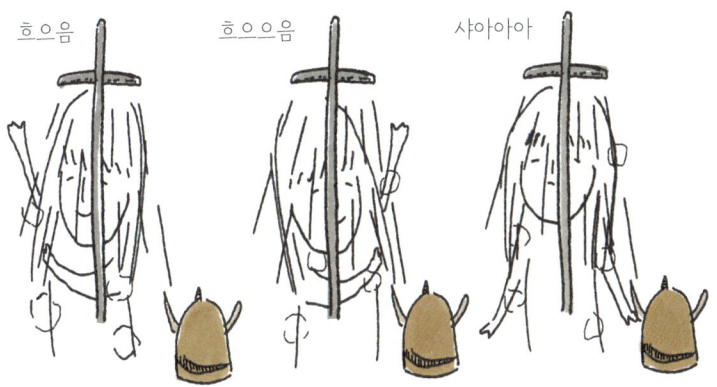

#누리의 처음

그 시각 누리는 새로운 생명체를 만났다.

누구냐 넌.

신기하게
생겼네.

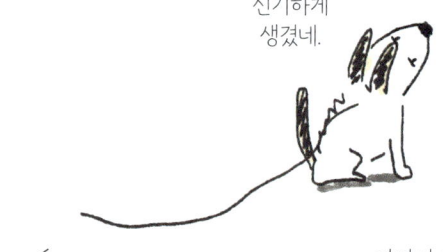

가까이 가볼까?

누리야~

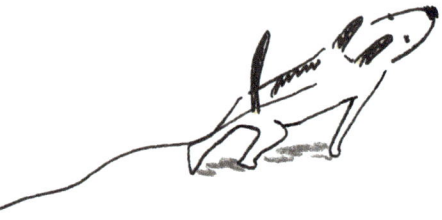

누리는 이 캠핑장에서
난생처음 눈을 밟아보았다.
(다들 독일이 엄청 춥다고 생각하지만
해만 없을 뿐, 특히 내가 사는 서쪽은
겨울에도 고작해야 눈비만 내린다)

차가우면서 부드러운 촉감이
이상한지 잠시 굳어 있더니

갑자기 아기 강아지처럼
눈밭을 뒹굴기 시작했다.
(네 살 청년 누리)

누리를 입양한 후 지금껏 산책하다
다른 개들이 흙탕물이나 낙엽 위에서
노는 걸 볼 때면 괜히 부러웠다.
누리는 너무 점잖아서
그런 적이 없었기 때문이다.

너무
차분한 개

그런 누리가 눈밭을 뒹구는 귀한 장면을
다급하게 사진으로 남기려는데
몇 초 후 바로 일어나서는 다신 뒹굴지 않았다.

제발
한 번만 더.

가자 그만.

금방 화가
풀려서
합류한
제이미

#지루함과 평화는 한 끗 차이

심심한
사과를
전할게.

물론 화해의
악수는 나누었다.

오케이.

어둠이 내려앉는 저녁.
경치도 너무 멋있고 세상 모든 게 조용하고 평온하다.

그런데 계속 보고 있자니
지 루 하 다.

들어갈까?

어.

벌떡

조금 전의 짧았던
갈등을 교훈 삼아
이제 내가 통나무를 담당한다.

쏘 헤비.

'거기까지 갔는데 더 구경하고 즐겨야지'
라고 생각할지 모르지만
집순이는 여행 가서도 집순이다.

좁은 캠핑카 안에서 누리는 곤히 잠들고
우린 따듯한 핫초코를 마시며 보드게임을 했다.

더할 나위 없이 편안한 저녁이었다.

비 오는 날 산책을 갔다 온 후
화장실 여기저기 걸어둔 세 벌의 우비에서
물이 또도독 떨어지고 있다.

야밤에 캠핑카에서 화장실 가는 방법.

모두를 다 깨우게 된다.

캠핑카 뒷문을 열자
그림 같은 풍경이
펼쳐졌다.

노르웨이

(8화)

요스테달 빙하

빙하 위를
걷다

#카약·빙하 투어

오늘은 이번 여행에 몇 없는
액티비티를 하는 날이다.
바로 카약·빙하 등반 투어!

반려견을 동반할 수 없어서,
미안하지만 누리는 캠핑카에 머물기로 한다.

[투어 코스 소개]

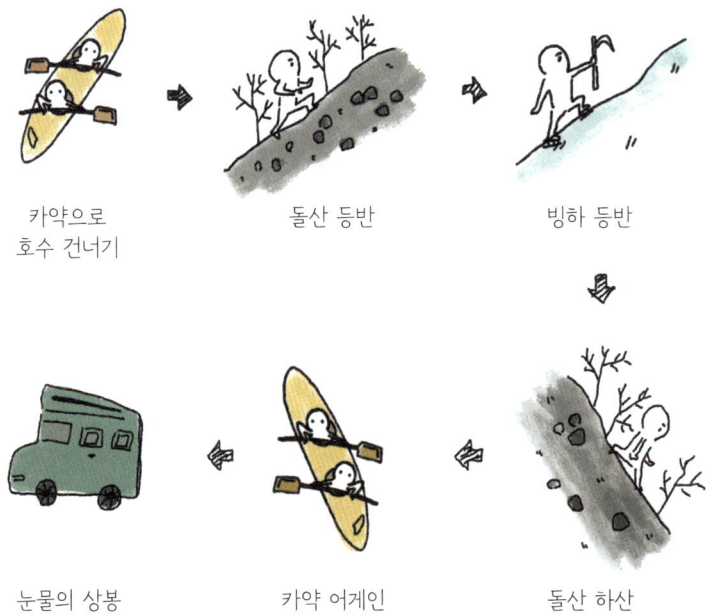

카약으로
호수 건너기   돌산 등반   빙하 등반

눈물의 상봉   카약 어게인   돌산 하산

사람들은 놀랄지도 모른다.
웬일로 네가 이렇게 험난한 일정을 택했느냐고.
사실 이건 내 선택이 아니라 제이미의 선택이다.
오로라도 포기했는데
액티비티는 꼭 하고 싶다고 하니
예약을 할 수밖에 없었다.

그도 그럴 것이 제이미는
어렸을 땐 인라인스케이트를
타며 진기명기를 선보였고

티브이에서나 보던
계단 난간 타고
내려오는 묘기도 했다고 함.

발목 부상이 있기 전까진
프로 농구선수를 꿈꾸던
스포츠맨이었던 것이다.

물론 옛날 옛적 이야기다.

목 꺾이겠는데.

아, 그런가?

지금은 소파와 하나 된 삶.

그렇다면
방향을 바꿔서
누우면 되지.
헤 헤 헤

새 거

그런데 한 가지 문제가 생겼다.
등산화 치수가 작아서
여행 전에 새로 주문했는데,
실수로 예전 신발을 챙겨온 것이다.

헌 거

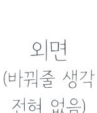

외면
(바꿔줄 생각
전혀 없음)

힐끔

사실 나보다
발도 (조금) 작다.

#빙하 투어 시작

따뜻한 비니

전혀 쓸모 없었던,
그래도 들고 있으면
폼나는 피켈

서로를 연결하는
안전줄

등산 스틱

방수 소재의
옷

신발에 끼우는
아이젠

[빙하 투어 복장]

함께 할 멤버는 세계 각국에서 온 사람들이다.

미국　　　영국　　　네덜란드　　독일　　　한국　　　폴란드

사실 나와 제이미를 제외한 나머진 내 추측이다.

파이팅!
우린 할 수 있다,
이까짓 거!

코스를 안내해 줄 가이드는
정말 열정이 넘쳤다.

야호!

처음 카약을
탈 때만 해도
놀라울 정도로
힘들지 않고 신이 났다.

우리가
1등이다!

그 후 등반을 하는데 작은 등산화 때문에
발가락이 너무 아팠고 동시에 체력이 급격히
떨어지기 시작했다.

게다가 우리 가이드는 열정도 넘치지만
말도 굉장히 많은 수다쟁이였다.

아직 쌩쌩

헥헥
독일…
헥헥
근데
한국인….

넌 어디서 왔니?
무슨 공부 했어?
어디 여행하고 왔어?

#운명 공동체

빙하 등반을 할 때는 만약의 경우를 대비해
모두가 밧줄로 묶인 채 올라간다.

운 명 공 동 체
(사극에서 끌려가는 포로 느낌)

절대!
서로의 줄이 팽팽해지면
안 됩니다. 아시겠죠?

할 수 있다!
이까짓 거!

터벅

어 쏘리.

터벅…

아임 리얼리 쏘리.

투어의 하이라이트인 빙하 사이의 절벽, 크레바스와
동굴은 절로 탄성이 나올 정도로 멋있었지만
너무 힘든 나머지 이게 감탄인지 한숨인지 당최 구별되지 않았다.

#난 이제 지쳤어요

심지어 대형 보온병도
들고 온
우리 가이드

자, 여기가 정상이에요.
제가 가져온 코코아 한 잔씩
마시고 왔던 길을 고.대.로.
돌아갑니다.

그래서, 독일은 살기가 어때?
문화 차이를 많이 느끼니?
한국도 지금 추워?

제발 그만
플리즈….

발가락이 아파서
게처럼 옆으로 걷는 중

결국 마지막엔 카약에
실려 왔다.

누리이이이이이이
많이 기다렸지!!
(서러움 대폭발)

#헬리콥터 누리

누리는 혼자 있다가
우리를 다시 만나면
제자리를 빙글빙글
정신없이 돌다가

헬리콥터도
되었다가

나 빼고 뭔 맛있는 걸 먹었나
신중하게 체크하고
(보통 이 시점에서 보호자들은
애정 표현이라고 착각한다)

배를 까고
벌러덩 눕는다.

멈추지 말고
만져라.

배가 너무 고파서
청양고추를 잔뜩 넣은
매운 토마토스파게티를 먹었다.

…그래
한 번쯤이야.

인생에
한 번은
해볼 만한
경험이었어.

내 인생에 에베레스트를
오를 일은 없을 거 같으니.

빙하 위를 걷다니!

나에겐 마치 에베레스트를
등반한 것 같은 하루였다.

 **의 여행상식 코너**

아주아주 먼 옛날 오랫동안 눈이 쌓이고 쌓여 딱딱한 빙하가 되었다.

자기 무게를 이기지 못하고 빙하가 아래로 내려오는 과정에서

산지를 마구 깎아내 바닥이 U자형으로 침식되었다.

이후 빙하가 점점 녹아서
해안선이 상승했고
그 자리에 바닷물이 들어와 형성된
지형이 바로 피오르다.
이 모든 과정은
수십만 년에 걸쳐 이루어졌다.
피오르 지형은 노르웨이 남서부 해안에
많이 분포되어 있다.

아주 장관 입니다.

곳곳에
폭포

깎아지른 듯한
절벽

언뜻 보면
호수 같은 고요함

끄트머리에 있는
아기자기한 마을

빙하 등반을 할 때는 만약의 경우를 대비해 모두가 밧줄로 묶인 채 올라간다.

플롬

이게 바로
북유럽 사우나

#캠핑 요리의 묘미

아침이 밝았다. 평소 나는 요리에 그다지 관심이 없지만
캠핑카에선 아기자기하게
소꿉놀이를 하는 것 같아 요리가 즐겁다.

캠핑 요리의 묘미는 뭐니 뭐니 해도 이 앙증맞고 귀여운 식기 세트.

고정하는 고무밴드는
냄비 받침으로도 사용

안에는 이렇게 장난감 같은
밥그릇, 접시, 컵
그리고 수저 세트가 있음

위아래가 분리되는
와인 잔

뚜껑은 프라이팬이 되고

몸통은 냄비

어쩌다
한 번인데 뭐.

(단, 저렴한 제품이라 미세플라스틱의 압박이…)

아침도 덩달아 아기자기해지고 있다.

오이 하나

계란프라이
세 개

며칠째 화장실을 못 가서
근심 가득

점점 식단이
부실해지는 것 같은데?

수면 부족
개

#플롬으로 가는 길

출발하기 전 누리와 가볍게 산책을 했다.

오늘은 '플롬'이란 소도시로 간다.
이곳은 작지만 관광도시로 유명하다.

평소 독일 고속도로에서는 바로 앞에 대형 화물트럭이 있으면

아 답답해,
빨리 탈출해야지.

추월이겠지.

제이미는 어떻게든 빨리 추월하려고 난리일 텐데

절벽 위에서 어떤 안전장치도 없이
좁다란 길을 운전해야 하는 노르웨이의 도로에서는

앞에 나보다 큰 차가 있으니
너무 안심돼.
뒤차 눈치 안 봐도 되고.

느긋

북유럽 여행을 하다 보면 사람 성격이 변한다.

운전하면서 게임도 한다.
'안녕 클레오파트라'란 게임인데 초저음부터
시작해서 돌고래 고음으로 마무리하면 이기는 게임이다.

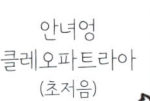
안녀엉
클레오파트라아
(초저음)

세상에서…
(이 부분을 항상 까먹음)
포테이토칩
(돌고래)

패   승

잠 깨기에 적합하다.
단, 조금 쑥스러워진다.

#노르웨이 감성

드디어 목적지에 도착해서 휴게소 겸 기념품 가게에 들렀다.

휴게소 앞에 있던
미니 굴삭기 놀이기구
지나온 집들 곳곳에도
실제 굴삭기가 있었음

보통 기념품 가게에서는
작고 귀여운 인형들이 반겨주는데
여긴 뭔가 으스스하다.
이게 바로 노르웨이 감성?

귀여운 노르웨이 트롤들

절이라도 해야 할 것 같은
바이킹 동상

고르고 골라 독일에서 집 열쇠를 맡아주고 있는
크리스토퍼에게 줄 작은 선물을 샀다.
(독일에서는 많은 사람이 여행을 갈 때 이웃에게 열쇠를 맡기고
우편물이나 식물을 부탁하곤 한다)

루돌프 아기양말

노르웨이 풍경
머그컵

여행이 끝나고 열쇠를 돌려주러 온
크리스토퍼와 그의 아내 율리아에게 선물을 주려는데

고마워,
이건 선물이야.
아기가 곧 한 살
생일이지?

수군수군

당황

미안한데 아직
아기 생일이 아니라서
이건 받을 수 없어.

혹시 불운이 올지 모르니.
호호호

생일날 다시 부탁해.

생각은 귀엽지만
융통성은 심하게 없는
독일 사람들.

#노르웨이식 사우나

이 도시에 온 이유는 피오르 위에 떠 있는
프라이빗 사우나를 가기 위해서다.

그런데 육지와 사우나가 굉장히 멀리 떨어져 있었다.

당황한 누리는 최선을 다해
반대쪽으로 도망가려고 했다.

할 수 없이 누리를 안고 점프하려는데
나의 미세한 떨림을 느꼈는지

긴장

누리가 오랜만에
발레 공연을 선보였다.

바둥
바둥

턴

결국 캠핑카로 다시 돌아가
누리를 놓고 와야 했다.

읔 늦었다.

사우나는 정면이 통창으로 되어 있었다.
그래도 창 너머에는 바다와 산밖에 없어서 마음이 놓였다.

사우나 바닥에는 바다로 연결되는
유리문이 있는데 사우나를 하다가
여기로 풍덩 뛰어들면 된다.

#추운 건 못 참아

어렸을 때부터 난 목욕탕에 가면 냉탕에는 들어가지 못했다.
물이 너무 차가워 겨우 발만 담글 뿐이었다.

그렇기에 사우나에서 막 나와 거침없이
냉탕으로 들어가는 사람들을 보며 감탄하곤 했다.

항상 머리엔
뭔가를 쓰고 계심

특히 냉탕 천장에서
폭포수처럼 쏟아지는
물줄기의 위엄이란.

악마의 버튼

캬아아아악

그래서 나보다 과감한 제이미가
먼저 바다에 들어가기로 했다.

갔다 올게!

차가운 물에 들어갔다 나온 제이미를 위해
뜨거운 돌에 물을 부어 사우나 열기를 올렸다.

결국 나도 궁금해서 들어갔다.

그렇게 앉아 있으니 얼마 지나지 않아
배에 탄 사람들이 사우나를 향해
반갑다며 열심히 손을 흔들었다.

프라이빗이라며.

사우나를 끝내고 나와서 개운해진 우린 누리와 함께
야외 테이블에서 컵라면과 와인 한 잔을 즐겼다.

이럴 땐
바나나우윤데.

솔직히 말해.
너 독일인 아니지.

다시 돌아온 🐶 의 여행상식코너

노르웨이 사우나의 가장 큰 특징은 바로
사우나 후 바다에 뛰어들 수 있다는 것이다.

스트레스 해소

숙면

피부 건강

혈액 순환

면역력 강화

뜨거운 돌에 물을 부어 발생하는 수증기를
이용하여 몸을 데운 후
차가운 물에 들어가거나 몸에 눈을 문지르면서
빠르게 식히는 과정을 반복한다.

건식이므로 앉는 자리에
수건을 깔아 최대한
물기를 묻히지 않고
사용하는 게 매너.

누리도 야생화 완료.

원래 남의 물그릇은 거들떠보지도 않는데.

개도 가끔 이유 없이 하늘을 본다.

사우나는 정면이
통창으로 되어 있었다.

플롬

두 번째
프리캠핑 도전

#여행 메이트

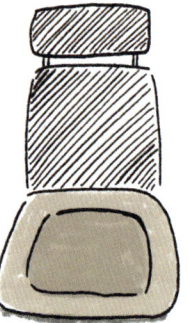

여행 전, 뒷좌석에 혼자 앉을 예정이었던
누리를 위해 같이 여행할 친구를 구했다.

돼지도
당나귀도 아닌
정체 모를
인형

처음엔 데면데면하다가

안고 자고

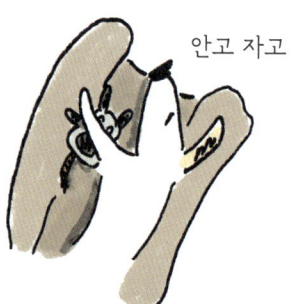

베고 자고

같이 놀기도 하면서

어느새 너덜너덜해진
누리의 여행 메이트.

오늘은 두 번째 프리캠핑에
도전하기로 한 날이다.

도전!

알고 보니 프리캠핑이 가능한 장소를
여행객들이 공유하는 앱이 있었다!

#여기가 맞나

앱에서 어느 분이 알려준 장소로 향하는데 길이
좁고 으슥한 곳으로 가는 게 뭔가 이상했다.

일단 적혀 있는 주소지에 도착했다.

...
여긴 그냥
쓰레기장 같은데.

엇 저기
차가 있다.

그냥 가정집이었다.

우리 집엔
무슨 일로?

흠

아…
이렇게 늦은 시간에
죄송합니다.

그럼 저흰 이만.

가뜩이나 길이 좁은데
어둡기까지 해서 후진으로
산길을 내려가는 건 거의 불가능했다.

내가 그냥
캠핑장으로
가자고 했지.

큰일인데.
도저히
못 내려가겠어.

그때 노르웨이 천사를 만났다.

결국 근처의 다른 프리캠핑 장소를 찾아갔는데
여긴 느낌이 훨씬 더 쎄했다.

자물쇠로 잠겨 있는
녹슨 놀이기구들

금방이라도 누군가 전기톱을 들고
뛰어나올 것 같은
스산한 분위기

그냥
캠핑장 가자
좀.

놀이공원 놀러 온 느낌 나고
좋은 것 같은데…?
하 하 하

#짜증 나고 힘이 들 땐

너무 배고프고 지친 나머지 우린 서로에게
짜증 섞인 뾰족한 말들만 쏟아내고 있었다.

사실 누구의 잘못도 아닌데.

그때 제이미가
뜬금없이 외쳤다.

짜증 나고
힘이 들 땐
노 력!
노 력!

짜증 나고

힘이 들 땐

노 력!
노 력!

그렇게 이번 여행의 구호가 만들어졌다.

#그래도 괜찮은 저녁

근처 캠핑장은 모두 만석이었다.
할 수 없이 한 시간을 더 운전한 끝에
겨우 자리가 남아 있는 캠핑장에 들어갈 수 있었다. 이미 밤 10시였다.
(작은 팁: 노르웨이 동쪽으로 올라갈 때보다 서쪽으로 내려오는 길의 캠핑장이
훨씬 더 붐빈다. 미리 예약하는 걸 추천)

여긴 그냥 주차장인데.
(마음의 소리)

몸도 마음도 고생한 우리에게 주는 작은 선물,
바로 스팸!

독일 마트에서는 구할 수 없어 1년에 한 번 한국에 갈 때 사 와서
정말 먹고 싶을 때만 꺼내 먹는 소중한 음식이다.
갓 지은 쌀밥에 바싹 구운 스팸과
김치 한 조각을 얹어 김에 싸 먹는 그 맛이란.

독일에서 친구들에게 고양이 취급 당하면서도
꿋꿋하게 먹었던

아아, 나의 스팸.

고양이캔
뺏어 먹는다고
막 놀렸음

우린 라면과 스팸, 맥주 한 잔으로
늦은 저녁을 마무리했다.

그날 밤 우린 유난히 잠이 오질 않았다.

사진 참
많이 찍었네.

근데…
엄마, 아빠한테 여행 사진
보내는 거 좀 그래?

두 분은
여행 가고 싶어도
못 가는데.

드르릉

나만 안 오는 거였다.

커커컬엉
커어어얼…
(잠시 숨 멈추는 구간)
푸우우우…우
(고래 물 뿜는 소리)

…응?

파닥
파다다닥

괜히
자랑하는 거
같으려나….

이래저래 마음이 복잡한 밤이었다.

노르웨이에서는 우체통도
비나 눈을 맞지 말라고
집을 만들어준다.

어떤 곳은 우체통들이 사이좋게 한곳에 모여 있다.
띄엄띄엄 떨어져 있는 집들에 배달해야 하는
집배원을 위한 작은 배려.

...
이런 건 도대체
왜 찍는 거지.

너무 귀엽지?
헤헤

본후스 호수

요정이 나오는
호수

#뒹굴뒹굴

제이미는 아침 7시도 안 되었는데
빨리 출발해야 한다고 했다. 오늘은 빙하가 녹아 만들어진
본후스 호수(Bondhusvatnet)에 가기로 한 날.

일어날 생각 따위 없음

얼른 일어나.

에휴 할 수 없지.
가까운 거리니까 그냥
누워 있어.

개　　이　　득

#신문물에 어두운 누리

이동하면서 심심하니 잠시 누리의 순간들을
함께 보기로 한다.

나무 뒤에 숨기엔
다소 육중한 몸

자동으로 내려가는 꼬리

으르릉
(마음속으로 외침)

자동화에 느린
독일에 살아서 그런가.
처음 잔디 깎는 로봇을 보고
큰 충격을 받았다.

#은근 탐험가 누리

저 아래엔 뭐가 있을까?

누리는 겁은 많지만
호기심이 많고
탐험가 기질을 타고났다.

그러다 한번은
큰 바위 아래
수풀 속으로 떨어졌다.

목줄로 당기면
더 다칠 거 같은데….

하는 수 없이 최선을 다해 누리를 응원해 주었다.

역시 용맹한 우리 개.

#연출된 누리

누리는 자기가 좋아하는 건 기가 막히게 안다.
간식, 산책, 새로운 장난감 중 해당 사항이 없다 싶으면
불러도 오지 않는다.

그러다 최애 간식이라도 들고 있을 땐

벌   떡

어머낫
엄마가 저렇게
좋을까.

서로 죽고 못 사는 개와
견주 모습 연출.

빨리
찍어.

사랑스러워~

#호수에 도착

유럽은 어딜 가든 여행지에 독일인이 참 많다. 여름 빼고는
해라곤 구경하기 힘든 흐리고 서늘한 날씨 때문일까.
독일인들은 여행을 참 많이 다닌다.

주차장에 도착했더니
역시나 넘쳐나는 'D' 번호판들.
[독일(Deutschland)이란 뜻]

그리고 함께 트레킹하는 개들도 많다.
실제로 이런 일은 없었지만 만화니까
누리를 대장처럼 그려봤다.

한 시간 남짓 걸어 드디어 도착한 빙하 호수.
북유럽 여행을 통틀어 이곳이 가장 오래도록 기억에 남았다.
금방 요정들이 나타나도 전혀 위화감이 없을 에메랄드빛의 아름다운 호수.
신비로운 풍경이 호수에 그대로 반사되어
마치 두 개의 세상이 만나는 경계선 같았다.
(그나저나 계속 풍경화를 그리려니 너무 힘들다)

요정 대신 간밤에 몰래 캠핑을 한
사람들이 하나둘 텐트에서 나왔다.
분명 캠핑은 금지라고
표시판에 적혀 있는데.

약수터 느낌으로
슬쩍 물을 떠서 마셔보았다.

찌릿

아 차가워.

#딱, 이만큼의 관계

차로 다시 돌아와
누룽지를 끓여 먹고 각자의
시간을 보내기로 했다.

갑자기 또 다른
작은 세상에 들어와
우리 셋만 존재하는 것 같은
기분이었다.

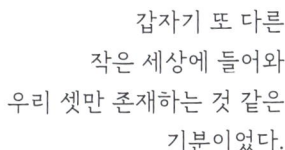

오랫동안 혼자 일하면 사람들과 잘 섞이지
못하는 느낌을 받을 때가 있다.

이런 내 일상이 마음에 들지 않는 것은 아니지만

가끔은 계속 이렇게 살아도 되는 건지

당장 뛰쳐나가 더 많은 사람과
어울려야 되는 건 아닌지 불안감이 덮치곤 한다.

그런데 한 평 남짓한 좁은 캠핑카에서
셋이서 온종일을 보내다 보니
인생에 많은 게 필요한 건 아니란 생각이 들었다.

손가락을 너무
벌린 거 아냐? ㅋㅋㅋ

누리 코!
이거 봐
누리가 코를 넣었어!

어쩌면 우리 삶에 정말로 필요한 건
딱 이만큼의 관계일지도 모르겠다.

온 힘을 다해 응원 중.

드디어 도착한 빙하 호수.
북유럽 여행을 통틀어 이곳이
가장 오래도록 기억에 남았다.

프레이케스톨렌

등산 장려 만화

#만화는 어떻게 그려요?

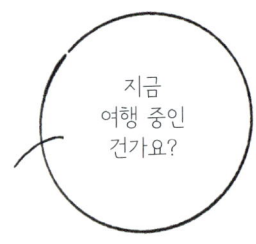

연재를 하면서 수많은 질문(까진 아니고 두세 번)을 받았다.

사실 여행을 갔다 온 지 꽤 많은 시간이 흘렀다.
어제 갔다 온 것처럼
생생하다고 말하고 싶지만
솔직히 많은 부분이 왜곡될 위험에 처해 있다.

그래서 여행 중 틈틈이 썼던
짧은 일기와
핸드폰의 사진첩,

그리고 간간이 진행하는 인터뷰의 도움을 받아
만화를 그리고 있다.

흠… 그날은
아침부터 낮은 안개가 깔리고
황량한 기분이 드는 게
괜히 불안했지.

유일한 인터뷰이

떠나기 전엔 어느 곳에서나 자유롭게 캠핑카를 세우고
자연을 즐길 수 있을 거란 기대에 부풀었었다.

하지만 현실은 항상 캠핑장에 주차.

탐험가 둘은 초조해지기 시작했다.

은둔의 탐험가1

은둔의
탐험가2

그래서 결국 무리수를 두게 되었던 거다.

#세 번째 프리캠핑 도전

험한 산세를 오르내리며 차를 타고 가는데
갑자기 제이미가 외딴 절벽에 차를 세웠다.

하얀 눈으로
가득한 산

그리고 절벽

눈에 완벽 적응한 누리는
굉장히 신나 했고

절벽 너머로 보이는 풍경은 거대하고 압도적이었다.

그렇지만 본인의 결정에 너무 뿌듯해하는
제이미는 조금 꼴 보기 싫었고

이거 봐.
나니깐 이런 곳을
발견한 거라고.

그날따라 유난히 거센 바람에 한 번씩
캠핑카가 좌우로 흔들리기까지 했다.

덜컹

덜컹

#상상의 나래를 펼쳐보자

갑자기 불어닥친 강풍에 캠핑카가 절벽으로 떨어진다면?

갑자기 이 외딴 곳에 강도 무리가 나타난다면?

안   돼

결국 다시 캠핑장으로 돌아왔다.

#생리적 문제

좁은 공간에 종일 셋이 붙어 있으면
생리적인 문제가 생길 수밖에 없다.

쿵쿵
이 냄새는?

아 정말.
같은 이불에서 더럽게 이러기야?

· · ·
너냐.

…어어?
나 아닌데.

이럴 땐 꼭 자다가도
곁눈질로 쳐다보는 개.
표정은 왜 당당한데.

#스파르타 훈련

내일 일정은 단 하나,
바로 돌산을 등반하는 것이다.
뭔가 점점 등산
장려 만화가 되어가는 것 같다.

이번 여행의 마지막 일정인 프레이케스톨렌(Preikestolen)
여섯 시간 등반을 위해서 전날 스파르타식 훈련을 하기로 한 것이다.
솔직히 이게 큰 도움이 될 지는 모르겠지만.

그런데

정말

너무

돌뿐이다.

끄응

누구를 위한
암벽등반인가.

대화 단절.

헥헥헥

지쳐서 정신이 혼미해질 때쯤
주머니 속에서 작은
젤리 봉지를 발견했다.

이것마저 없었으면
큰일날 뻔 했다.

아껴 먹는 중

#가족의 책임감

바로 그때 사고가 터졌다.
큰 바위에 먼저 오른 제이미가
미처 자리를 잡지 못하고 있을 때

성질 급한 누리가
기다리지 못하고
점프를 시도하다가

그만
미끄러지고 만 것이다.

누
리
이
!

젤리고 뭐고
눈에 보이지 않았다.

와

락

누리는 돌 사이에 (망할 돌들) 앉아서
꼼짝하지 않고 몸을 떨었다.

누리는 무섭거나 놀랐을 때
고개를 파묻는 버릇이 있다.

누리가 이런 모습을 보일 때면 많은 생각을 하게 된다.

개가 '이거 못하겠어, 너무 추워, 힘들어, 무서워'라고 하며
(물론 해석하는 건 사람의 몫)
사람에게 다가와 안기는 모습이 너무 귀엽고 애틋하다.
'보호자 넌 할 수 있잖아, 그렇지?'라는 믿음으로
응석 부리는 것 같아서.

그래서 난 기꺼이 이 작은 존재를 위해 저 멀리
줄이 풀린 채 달려오는 개도 몸으로 막아낼 수 있다.
길바닥의 깨진 유리 조각들을 피해
14킬로그램의 무게를 둘러업고 가기도 한다.

구멍 송송 뚫린
배수구 못 건넘

외국에 살다 보면 스스로의 힘으로 의도한 만큼 무언가를
해내지 못한다는 것에 좌절감을 느낄 때가 있다.
작은 일을 처리하는 데에도 품이 많이 든다.

아까 사 갔는데 계산이
잘못된 거 같아서.

뷔 비테(뭐라고)?

네 말 도통
못 알아듣겠음.

그게 왜 힘들지?

독어가
어려워?

갸웃

그래서 때로는
작아지는 듯한
기분도 들지만

가끔 공감력 제로
독일교포 제이미

내가 세상의 전부이고 내가 없으면 안 될 것 같은
이 작은 존재 덕분에 마음이 조금 단단해지기도 한다.

그리고 누리는 걱정했던 것과 달리
열심히 목줄을 당기며 신나게 내려왔다.

사고의 원인으로 제이미의 엉덩이를 탓했다가
잠깐의 냉전을 가진 후 다시 화해의 악수를 했다.

엉덩이 탓한 건
미안.

오케이.

나중에 여행 사진으로 문진을 만들어서 제이미에게 선물했다.
그런데 자세히 보니 사진은 나와 누리.

(자애감 과잉)

저 멀리
보이는
우리 둘

하얀 눈으로
가득한 산,
그리고 절벽.

노르웨이

13화

프레이케스톨렌

솔직히 이건 나도
좀 무서웠다

#나이가 들었나

아악   뚜둑

돌산을 내려오는데 무릎에서
경쾌한 소리가 나더니
관절이 아프기 시작했다.
며칠 전 나이 앞자리가 바뀐 영향인 걸까.

응?!

40대가 되니
더 힘든 거 같아.

아, 그럼
젊은이 둘은 먼저 갈게.
천천히 와.

(두 살 차이)

#삼겹살, 아니 베이컨 파티

수고한 우리를 위해
마트에 가서 삼겹살을 사 왔다.
그러고 보니 이번 여행에서
처음 하는 제대로 된 숯불 그릴이었다.

지글

지글

반짝반짝

나도 죠.

고기 냄새를 맡은 누리는 재롱을 부리기 시작했다.

팔불출 같아서 말하지 않으려고 했는데
사실 이 장기들은 누리가 몇 번 만에 터득한 것이다.

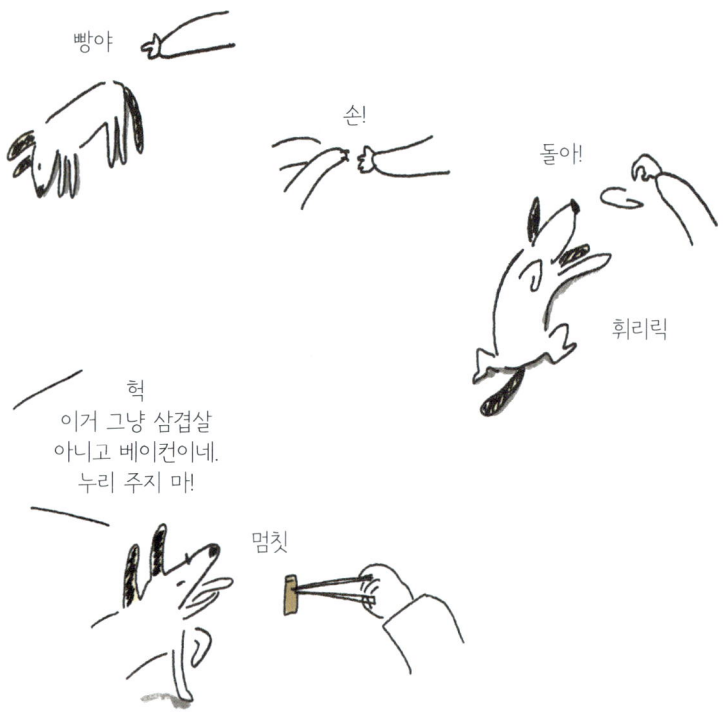

빵야

손!

돌아!

휘리릭

헉
이거 그냥 삼겹살
아니고 베이컨이네.
누리 주지 마!

멈칫

누리의 노력에도 불구하고,
소금기가 있는 베이컨이라 한 조각도 줄 수 없었다.
역시 노르웨이에서 한국식 삼겹살을 발견하기란 굉장히 힘든 일이다.

그날 누리는 단단히 삐졌다.

삐졌지만

귀는 쫑긋쫑긋

#마지막 등산

다음 날 아침 7시. 큰일이다.
출발한 지 30분 만에
체력이 바닥났다.
역시 연속 등반은 무리였나.

헉

헉

심지어 경사도
너무 가파름

하지만
아이를 등에 업고
올라가는 사람도 있고

개와 열심히
뛰어가는 분도 있었다.
그냥 우리가
저질 체력이었던 거다.

그때였다.
하마터면 누리가 등산용 스틱에 맞을 뻔했다.

(독일어로 대화 중)

#산에서 겪은 차별

이 독일 사람이 간과한 게 있다.

같은 유럽권에서 동양인이라는 이유로 당연히 독일어를
못할 거라고 생각한 것.

뭐, 실제로 내가 100퍼센트
다 알아들은 건 아니다.

괜히 딴 데
보기

독일에서 태어난 제이미에게도 이런 일이 빈번했는데
터키음식점에 케밥을 사러 갔을 때였다.

아이러니하게도 이런 차별은 같은 외국인끼리
더 자주 일어난다.

#이건 좀 무서운데

제이미의 고소공포증 때문에
정상엔 나 혼자 올라가기로 했다.

조심해….

아 개가
무서워해서요.
(핑계)

애써 태연한 척했지만 조금 무서웠다.
왜냐하면 펜스 같은 기본적인 안전장치가 전혀 없었기 때문이다.

그래도 절벽까지 올라갔으니 앞에 있던 사람에게
부탁해서 기념 촬영까지 했다.

온화한 미소

단정한
차렷 자세

옆에서 본 절벽 모습.

여기에 앉아서
찍는 사람도 봤음
널덜

한편 제이미는 누리와
좋은 시간을 보낸 듯하다.

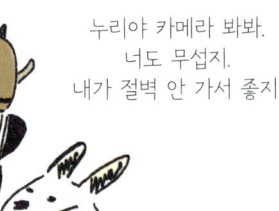

누리야 카메라 봐봐.
너도 무섭지.
내가 절벽 안 가서 좋지.

자기 합리화 끝판왕

갔다 왔더니 산 정상이라고
누리도 기념 똥을 쌌다.

개를 키우다 보면
(배변 봉투) 부자가 된다.

엇
봉투가…

줄

줄

여기 있지.
후후후

줄

줄

#인간은 망각의 동물

(작은 팁: 봉투가 잘 열리지 않을 땐
개의 코를 살짝 문질러 보기)

쉽   죠

올라올 때부터 이상하다고 생각했는데,
왕복 여섯 시간 코스에 쓰레기통이 하나도 없었다.

하는 수 없이
주머니에 배변 봉투를
넣고 내려갔다.

그렇게 내려가다가
바람이 서늘하다 싶으면
나도 모르게 주머니에 손을 넣었다.

아씨
깜빡했네.

따끈

물컹

인간은
망각의 동물

망할.

물컹

캠핑카에 돌아와서
누리는 밤까지 쭉 잠만 잤다.
우리도 라면을 먹고 뻗었다.

숨 쉬는지
확인 중

"피곤한 개가
가장 행복한 개다."

옆에서
본 절벽 모습.

파르순

여행의
마지막 숙소

#늦잠을 잘 수 없다

아침에 일어났더니 온몸이 쑤시고 아픈 게
거대한 바위 하나가 날 짓누르는 것 같다.

아
아
악

잠에서 깬 지 한참이 되었지만 가만히 기다리다가
인기척을 듣고 달려오는 누리.

몸을 파바박 털어서
자기 존재감을 과시하고는

다시 뚫어지게 쳐다본다.

역시 여섯 시간 등반은 무리였나.
이럴 땐 침대에 코를 들이밀고 있는 개에게 간절히 부탁하고 싶다.
미안하지만 오늘 하루만 혼자 나갔다 오면 안 되겠니.

#폭우 속 운전

터널이 공사 중이라서

산 전체를 돌고 돌아 폭우를 뚫고 가는 중이다.

게다가 하필이면 제이미가 그렇게 싫어하는
맨 앞에서 가고 있다.

의지할 곳 없는
맨 앞

초긴장
상태

한껏
올라간
어깨

이럴 때 필요한 건 뭐다?
바로 힘과 용기를 북돋아 주는 우리의 구호!

#특별 선물

오늘은 이번 여행의 마지막 밤.
여행의 마무리는 특별히 숙소에서 하기로 했다.
여행 내내 캠핑카에서만 지낸 우리에게 주는 선물이었다.

그런데 갑자기 넓어진 공간이 너무나도

어 색 하 다.

광활하고 공허하고 아득한 이 느낌.

하지만 그것도 잠시,
우린 곧 숙소를 신나게 구경하기 시작했다.

식기세척기.

오 식기세탁기도 있어.

이렇게 드러누울 수 있는 소파가
있다는 게 새삼 너무 좋았다.

보들보들
폭신폭신
중독견

야외에 있는 자쿠지에 따듯하게 몸을 담갔다.
물을 극도로 싫어하는 누리는 역시 근처에도 오지 않았다.

그리고 반짝이는 현대 문물들, 전자레인지와 오븐.

마트에 가서 정말 오랜만에 인스턴트 식품을
잔뜩 구매했다.

피자와 감자튀김과 치킨윙
그리고 와인 3병

누리는 몸에 좋지 않은 건
귀신같이 캐치하고
피하는 건강애호견이다.

와인
마시는 중

킁킁

흭

술, 커피, 매운 음식에
명확하게 싫음을
표현한다.

#여행을 돌아보며

이 숙소에서 가장 좋았던 공간은
바로 장작을 넣는 벽난로였다.

활 활

나는 술을 한 모금씩 홀짝이며
불멍을 하고

누리는 폭신한
카펫 위에서
꾸벅꾸벅 졸고

제이미는 혼자 일어나서
춤을 추기 시작했다.

(교포 감성)

타닥

타닥

돌이켜 보면
유독 자연과 함께했던 여행이었다.

등 산.
등 산.

그리고 또
등 산.

커다랗기만 한 자연 앞에서는
지금 내 머릿속에 떠오르는 복잡한 생각들이
아무것도 아닌 것 같아서,

스르륵

그래서 참 좋았다.

개와 산책하면 대체로 기분이 좋다.
아, 그래도 개와 함께 사니까 이렇게라도 나오네 하며
고마운 마음마저 드는 것이다.

덴마크

15화

히르트스할스

일상으로
돌아오다

#마이너스의 손

아침으로 간단히 스크램블드에그와 구운 소시지를
구워 먹고 출발하려는데

간단한 음식이지만
섬세한 문어 터치

화장실 변기통을 꺼내는
문이 고장 났다.
역시 안 하던 짓을 하면 안 된다.

출발 전에
한번 체크해
본다는 게 그만.

일단 스펀지 수세미와 테이프로 고정해 놨다.

제발 열리지 않게
해주세요.

예전부터 엄마는 말했다.
나한테 좋은 거 사줘도 아무 소용없다고.
어쩌면 그 말이 맞을지도 모른다.

엄마가 사준 가방은
얼마 못 가 찢어지고

플러그를 빼려다가
망가뜨리고

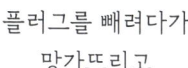

321

와인 잔은 샀다 하면
하나씩 깨부수고

세탁을 하고 나면
옷은 왜 이렇게 줄어드는지.
미니 스웨터를 누리한테 입혀줬더니
굉장히 싫어했다.

심지어 빨래를 널다가 캠핑카
천장 블라인드도 망가졌다.

열심히 해보려고 한 건데
마음 같지 않을 때가 많다.

#원하는 게 있으면 바로 지금!

덴마크로 가는 페리를 기다리는데
선착장 앞 해변이 너무 한적했다.

목줄을 풀어줬더니 누리는
한 마리의 건장한 말처럼
해변을 뛰어다녔다.

앗 물은
시죠.

우리 여기서
캠핑하면
너무 좋겠다.

그럴까?
까짓것.

미루지 말자.
원하는 게 있다면 지금 해.

30만 원.

…
페리 환불이
안 된다는데.

#일상으로 돌아가기

결국 페리를 탔다.

페리를 기다리는 동안 바로 옆줄에
록스타 분위기의 차를 타고 가는
사람이 있었는데 사진을 찍다가
그만 눈이 마주쳤다.

왜 유럽 사람들은
시도 때도 없이
윙크(혹은 손짓까지)를
남발할까.

그러고 보니
제이미도 그렇다.

차에 탄 채 배에 오르니 신기하면서 기분이 이상했다.

배에 처음 타는 것치고 누리도 멀미를 하지 않고
편안하게 있어서 다행이었다.

여긴 마치
우리 집

덴마크에 도착해 마지막으로 (당분간 다시 못 볼) 바다를 보기 위해
들른 해변은 바람이 엄청나게 불었다.

누리를 산책시키며 사진을 찍었는데 우수에 젖은 남자 주인공처럼 나왔다.

날아가는 개

덜컹

바람 때문에 할 수 없이 차 안에서
쉬면서 라면을 먹었다.
여기서 한 밤을 더 자고 갔다간
차가 해변에서 뒹굴뒹굴 구를 것 같다.

덜컹

차를 마시며 창문을 통해 본 풍경이 너무 예뻐서
지금 우리가 여행을 하고 있는 건지
네모난 화면으로 자연 다큐의 한 장면을 보고 있는 건지
잠시 헷갈릴 뻔했다.

돌아오는 길 휴게소에서
전력 질주를 몇 번 반복했더니

어느새 다시

일상에 도착했다.

가장 적응이 빠른 건 개.

재충전은 무슨, 여행 후유증에 시달리는 사람 둘.

나 다시 돌아갈래.

일하기 싫어.

여긴 마치
우리 집.

집

집이란
무엇일까

#가족이 된 과정

캠핑카 여행 후, 집의 의미에 대해 생각해 봤다.

아직
경계 중

누리
이리 와.

누리가 이 집에 오고 나서 거의 한 달이 지났을 때였다.
아직 마음의 문을 완전히 열지 않은 누리는
구석에 앉아 경계하는 눈빛으로 우릴 쳐다보곤 했다.

그러다 독일에
100년 만의 폭우가 쏟아졌고
반지하층에 물이 새서
벽 전체를 다 뜯어내는
큰 공사를 해야 하는 일이 생겼다.

제이미 방
(장점: 더 밝음)

내 방
(장점: 더 아늑하고
여름에 시원함)

여기서 잠깐
우리 집 소개를 해보자면,
제이미의 방은 1층에 있고
내 방은 반지하로
내려가야 한다.

일반적으로 생각하는
반지하와 다르게 창문 앞에
화단 같은 공간을 만들어
지하 특유의 느낌은 적다.

그럼 안녕.
전쟁 끝나면 올라올게.

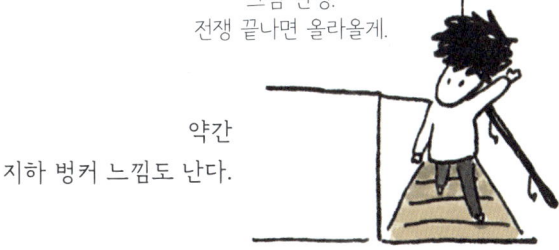

약간
지하 벙커 느낌도 난다.

그리고 아주 가끔
고양이나
토끼가 출몰한다.

아무튼 공사 때문에 한 달 동안 우리 셋 모두
제이미 방에서 생활하게 되었다.

내 방에 어서 와.

마치 자기 집에
초대하는 느낌

바닥에 깐 얇은 매트리스에서
잠을 자고

책상을 반으로 나누어
일을 하고

종이 상자에 밥을 놓고
먹었다.

버티기
힘들 줄 알았는데
이게 생각보다 제법
아늑하고 근사했다.

밤마다 창 너머
어둠을 향해 짖던 누리도

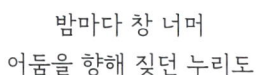

톡톡톡
(걸을 때 들리는 발톱 소리)

벅벅벅

빙그르르

히이이잉 하고
긴 한숨을 내쉬고는
동그랗게 눕다가

슬며시 다가와
어느새 등을 맞대고
잠을 잔다.

#집이란 무엇일까

고등학교를 졸업하고 집에서 나와 혼자 자취를 시작하면서
지금까지 이사한 집만 대략 열다섯 군데.
특히 외국에서의 이사는 꽤나 험난했다.

하루가 멀다 하고 성대한
파티가 열리던
셰어하우스

창문을 열면 눈앞에
무덤 뷰가 펼쳐졌던 집

밤에 화장실에 가려고
불을 켤 때면 모임을 하던
바퀴들이 사사삭
도망치던 집

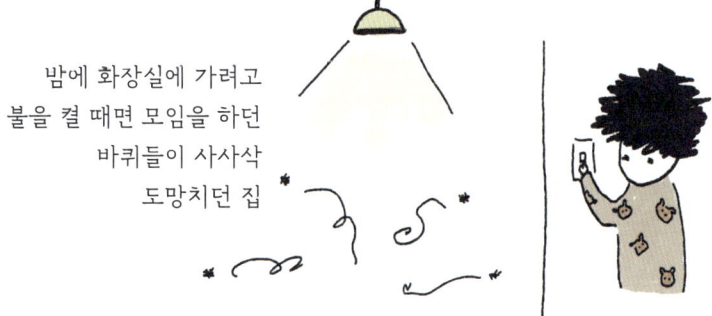

어서 와. 계획이 바뀌어서…
그냥 이 집에 함께 살기로 했어.

그중 가장 최악은 바로 일부러
여자들만 하우스메이트로 선택했던
이혼남의 집이었다.
자기는 같이 살지 않을 거라고
거짓말까지 해가면서 말이다.

(뭐래)

왜 이렇게 늦게 들어오지?
같이 사는데 저녁 같이
먹어야 하는 거 아니니.

**꼭 샤워하고 나왔을 때
방문을 두드리고**

잠깐 문 좀 열어볼래?
급히 할 말이 있어.

같은 집에서
방문을 잠그는 건
삼가줬으면 해.

진짜
변태 또라이네.

이 모든 걸 감내하고 지내던 내가
결국 폭발했던 건 한국에서 들고 온
내 소중한 미니 밥솥을 그가
뾰족한 포크로 다 긁어놓았을 때였다.

그때 내 눈물 젖은
사연을 들은 제이미가
나에게 제안했다.

다른 집 구할 때까지
우리 집에서 살아도 돼.
어차피 종일 집에 없으니까.

그렇게 우린 함께 살게 되었다.
사람은 모름지기 한 번 길들여지면
그 익숙함에서 벗어나기 힘든 법.

근데…
집은 알아보고
있어?

응? 으으응.
(머리로는 찾아야
한다고 생각하지만
몸이 전혀 안
따라주는 상태)

그러다 독일에 유례없는 폭염이 찾아오고
팬데믹으로 전 세계에 난리가 났던
시기에 맨 꼭대기 층에 갇혀버린 우린
작은 테라스가 있는 교외로
이사를 결심한다.

그땐 상상도 못 했지만 누리를 데려오면서
이 테라스는 누리의 최애 장소가 되었다.
자그마한 기역 자 정원에서
요리조리 뛰어다닌 덕분에
지금은 망가진 잔디와 무성한 잡초,
그리고 흙이 공존하는 공간이 되었다.
(우리 게으름도 한몫했지만)

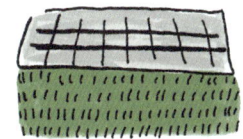

지금 내가 이 집에서 가장 애정하는 공간은 바로 기다란 복도다.
스무 살 이후 지금껏 집 안에 복도가 있던 적은 처음이었다.

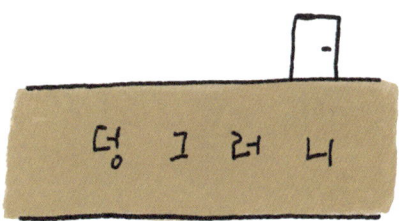

ㄹ　　ㄹ　．　．　．　．　．　．

좋　　　아

텅빈　복도.

#소파 대장

방석 벽

살포시
접은 다리

쾌적한 시골집에
이사 온 기념으로 난생처음
두 명이 동시에 누울 수 있는
대형 소파를 샀다.

하지만 문제는 누리도
소파에 함께
눕고 싶어 한다는 것.

이글
이글

처음 누리가 집에 왔을 때
집에 방문한 훈련사가 누리를 보더니
이 개는 눈빛이 너무 사납다며
조심해야 한다고 했었다.

처음 반려동물을 키울 때면
등장하는 이슈인 '서열 정리'였다.

소파엔 절대 올리지 마세요.
그러지 않으면 이 개는 곧
여기에서 대장 노릇을
하려 들 겁니다.

심각

근데 왜 내가 세 번째…?!

하지만 마음 약한 난
소파에 올라오려고 점프하는 누리를
몇 번이나 밀치다가 결국 포기했다.
대장 좀 하라 그러지 뭐, 하고.

지금은 우리 집 귀여운 소파 대장.

옹기종기

빽빽

널찍

쾌적

서로 닮아간다.

#함께 산다는 건

노르웨이 여행 전후로도 여러 번 캠핑을 갔다.
물론 캠핑카가 아닌 텐트 캠핑이다. 처음엔 별다른 장비 없이
텐트만 달랑 들고, 집에 있는 이불과 베개를 대충 챙겨서 출발했다.
조금씩 작게 시작하면 된다. 그러다 하나씩 고치고 바꾸면서.
너무 거창하고 완벽한 준비 과정은 오히려 사람을 주눅들게 한다.

[첫 번째 캠핑]

베개랑 이불을
안고 차에 탐

[두 번째 캠핑]

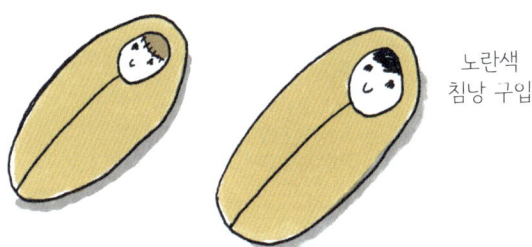

노란색
침낭 구입

[세 번째 캠핑]

캠핑용 버너
구입

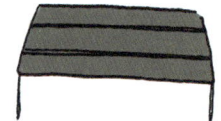

가벼운 분리식
테이블 구입
(통나무는 땔감으로 써버림)

내려간 쪽이
제이미

[네 번째 캠핑]

무게에 맞춰 꿀렁거리며 높낮이가
조절되던 매우 불편한 에어매트 대신
드디어 각자의 캠핑용 야전침대 구입

[다섯 번째 캠핑]

거실에 피크닉 매트를 깔고
자연의 느낌을 살리기 위해
집에 있는 식물들을 끌어모아
주변에 배치한 후,
앞에서 언급한 (미세플라스틱)
캠핑용품과 버너로 요리하기

그러고 보면 함께 산다는 것도 여행과 비슷하다.
앞에서도 여러 번 언급했듯 여행 준비 과정이나
여행하는 방식에서 우린 꽤 많이 달랐다.
당연히 함께 살면서도 많은 부분에서 부딪히곤 했다.

제이미: 조금 강박에
가까운 깔끔함

누리: 무념무상

나: 남들이 보기엔
어질러져 보이지만
나름의 규칙이 존재함
아주 평온한 상태

제이미: 서류를 종류별로 파일에 정리
(전형적인 독일인)

나: 서류들만 쌓아놓는 서랍이 존재
(시간 순서로 차곡차곡)

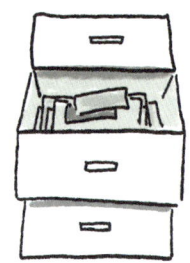

누리: 사람 음식을 탐함
이럴 때만 나오는
특급 애교가 있음

제이미: 버거, 피자,
파스타류에 집착함

나: 밥순이
과일도 아주 좋아함

그러니깐
무럭무럭
살이 찌…읍

나: 미니멀한 삶 추구　　　　　　　　제이미: 택배 수집가

물욕이
뭔가요.

누리: 그냥 고집이 셈

각자의 방 분위기도 너무 다르다.

제이미: 대기업 CEO 데스크　　　　나: 꿈과 동심이 넘치는 책상

마지막으로 옷장 정리.
(왠지 점점 비교하면 할수록 내 손해인 것 같은 기분이 든다.
그만해야겠다.)

누리: …난 방이 없는데.
(왜 쑥스러워하는데)

어느 쪽이 난지
한 번 맞혀 보세요

조금 번거롭고 서로가 이해 안 될 때도,
가끔은 삐그덕댈 때도 있지만
셋이 함께 있는 건 대체로 매우 즐겁다.

우린 흥이 날 때 춤을 춰.

각자

어딘가에서

유유히 떠돌아다니던

조각들이 모여

비로소 딱 맞는 곳을
찾은 느낌이랄까.

#지독한 겨울의 시작

여행을 다녀온 후 여행일기 만화를 연재했고
처음으로 북페어에 참가했고 첫 전시도 무사히 마무리했다.
공통점이 있다면 모든 작품에 누리가 등장한다는 것.

좋아하는 걸 그린다.

독일의 겨울이 시작됐다.
이 시기는 매우 우중충하고 적막해서
우울함에 빠지기 딱 좋다.

아주 드물게 해가 뜰 때면
재빨리 팔을 걷어붙이고 창가에 서서
잠깐의 해를 만끽하고
비타민D를 챙겨 먹고
귀엽고 하찮은 것들을
많이 봐줘야 한다.

폭신한 라마 양말을 신고
조금씩 끄덕이는 발.

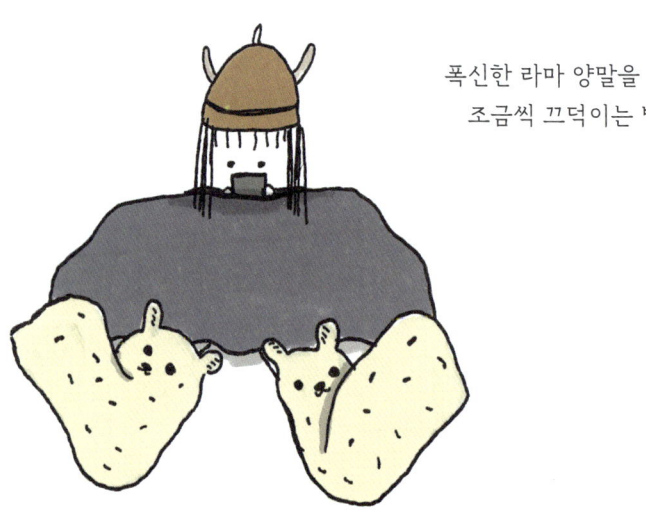

제이미는 행복의 역치가 낮아서
이런 작은 귀여움에도 매우 행복해한다.
부럽다.

끄덕   끄덕

기다란 햇빛을 찾아
누워 있는 누리.

소중한
내 발.

여행 내내 함께했던 노란 캠핑컵에 따듯한 커피를 내린다.

우리, 집이다.

아, 맞다.

빨리 와.

아침에 똥 쌌어?   나? 아직.

아니 너 말고
누리.

캠핑카 여행기 끝.

감사합니다.

아주 가끔
고양이나 토끼가
출몰한다.

좋아하는 걸
그린다.

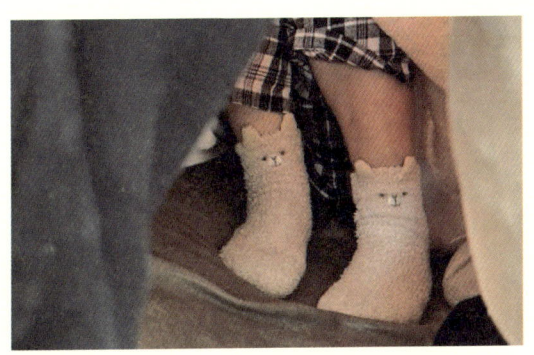

산책하러 나가기 전 문 앞에 서서
구멍 사이로 밖을 슬쩍 확인한다.

함박눈이 내려 온 세상이 하얗게 변해버린 어느 겨울날.

이불 밖 북유럽 감성 여행

여자 둘, 개 하나면 충분합니다

초판 1쇄 인쇄 2026년 1월 9일
초판 1쇄 발행 2026년 1월 16일

지은이 강지영
펴낸이 김선식

부사장 김은영
책임기획 이한민 **책임편집** 양우림
책임마케터 이다은
콘텐츠사업6팀장 박진혜 **콘텐츠사업6팀** 김하얀, 최찬미, 김현서, 양우림
마케팅사업2팀 오서영, 이다은 **홍보2팀** 정세림, 고나연
브랜드사업본부장 정명찬
브랜드홍보팀 오수미, 서가을, 박장미, 박주현 **영상홍보팀** 이수인, 염아라, 이지연, 노경은
저작권팀 성민경, 이슬 **편집관리팀** 조세현, 김호주, 백설희
재무관리팀 하미선, 임혜정, 이슬기, 김주영, 오지수
인사관리팀 강미숙, 김재경, 김혜진, 김주림, 황종원
제작관리팀 이소현, 김소영, 유미애, 이지우, 이승협
물류관리팀 김형기, 김선진, 주정훈, 양문현, 채원석, 박재연, 이준희, 최대식
외부스태프 디자인 스튜디오 수박@studio.soopark

펴낸곳 다산북스 **출판등록** 2005년 12월 23일 제313-2005-00277호
주소 경기도 파주시 회동길 490
전화 02-704-1724 **팩스** 02-703-2219
이메일 dasanbooks@dasanbooks.com
홈페이지 www.dasan.group **블로그** blog.naver.com/dasan_books
용지 스마일몬스터피앤엠 **인쇄** 민언프린텍 **제본** 다온바인텍 **코팅 및 후가공** 제이오엘엔피

ISBN 979-11-306-7399-8 (03810)